「メグ……可愛い。
いつもと違う魅力にやられた……。
今日は……我慢できない……」

転生シンデレラ

コワモテ王と新婚スローライフの過ごしかた

柚原テイル

Illustrator 成瀬山吹

Jewel
ジュエルブックス

CONTENTS

Just Married Slow Life

※本作品の内容はすべてフィクションです。
実在の人物・団体・事件などには一切関係ありません。

【プロローグ】辺境王からの依頼

シュテラファン王国で一番お金が回っているのは、間違いなくこの場所である。

アンゼリュー商会の名を、知らない者はいない。

その建物は、街のどこにいても――城壁よりも、外の丘や船上の海からでも見えるほど巨大であった。

天井が吹き抜けとなった円形の一階のホールでは、等間隔に並んだテーブルを挟んで数多くの商談が行われている。

熱気、活気。今ここで生涯遊んで暮らせる富を得る者、すべてを失う者も珍しくなかった。

応接室は三階にあるがあまり使われない。荷あげ場から直接つながり、馬車ごと運び込まれた品物を確認できるホールでの商談のほうがなにかと便利だから。

最高級のインクに、上質な羊皮紙が惜しむことなく飛び交うように使われ、隙のない表情の商人や貴族がサインをしていく。

昼夜問わず点されている煌々《こうこう》としたシャンデリアは、まがい物を掃うようにギラギラと輝いていた。

ホールの中央、辺りを見渡せる位置にある特別な机――。

一段上がった床。毛足の長い絨毯《じゅうたん》が敷かれ、赤茶色に艶《つや》やかに磨かれた机へ手をついて……。

商館代表のメグ・アンゼリューもまた、契約の最中であった。

「それでは、契約書の作成に入ります」

ほとんどが男性のホールで、若い女性の声はよく響いた。

しかし、気にする者はいない。

メグ・アンゼリューは商売人として確固たる名声を確立していた。

真っ直ぐに梳《と》かされた黒く長い髪に、額に落ちた前髪の下から除くのは金茶色の瞳。

身にまとっているのは、レースの大きな襟がある水色のドレスだった。

青紫のショートケープを重ね、ウエストラインは宝石を鎖にした細い飾りベルト。

十八歳にしては、ややあどけない顔立ちは、目が大きいせい……。

背も低く、小柄なので商館代表としての威厳はさっぱりないけれど、仕事の最終的な出来栄えに、見た目は関係ない。

メグと机を挟んで向かい合っていたのは、船二隻分の荷を売る恰幅のいい富豪であった。

「ああ、さっそく頼むよ」

年が倍以上離れていても、五度目の上得意の客はメグを信用しきって白い髭《ひげ》をいじっている。

城が建つであろう大金が動くのに、気を許した様子だ。

リラックスして、飾らずにいてもらえれば、作りやすい――。

メグは、目をいったん閉じ――――ゆっくりと開けた。

金茶色の瞳が、輝きだす。

――――黄金の契約。

念じ、注目するのは、机の上。手をついた間の宙《ちゅう》である。

羊皮紙よりも白い書類が浮かび上がり、それには取り決められた契約の内容が、金の光をまとったペンが勝手に舞うようにして記されていく。

契約の主な目的に付随して起こり得る様々な状況、たとえば当事者が破産や死亡した場合等に契約がどうなるのかといった細かい取り決めが、一瞬にして自動書記された。

それらが、知らぬ外国語同士であっても、頭の中で翻訳され、意味を理解し、魂に焼き付けるのがメグの能力――――絶対契約である。

「いかがでしょうか？」

内容を最後まで頭の中で確認してから、メグは問うた。

「もちろん、問題ない。素晴らしい取引だ。サインは……頭の中で思えばいいのだったな」

羽根ペンとインク壺《つぼ》を探しかけた富豪が、流れを思い出して目を閉じる。

すると、メグと富豪の双方の名が刻まれた書類は、契約締結となり二枚に分かれた。

ひらりと、紙の手触りに似た魔法書類が机に舞い降りる。

「契約終了です。いつもありがとうございます。今日はお疲れでしょう、滞在のための部屋を用意してあります」

「いや、助かるよ。いつも見事な腕前だ。我々商人にとっては、どんな冒険者よりありがたい力だね」

納得のいく契約を結び終えた富豪の機嫌はよい。

メグもほっと息を吐いて、投げかけられた賛辞を商売人の笑顔で受け止めた。

冒険者よりありがたい力――。

この世界には、魔法がある。

生まれ持った素質からなるそれは、主に炎や水や風を操る力、浄化や回復などの聖なる力として、人口の三分の一ほどの人が宿していた。

しかし、その力は万能ではなく、鍛錬を必要とするもので、魔法で冒険者として身を立てることができるのはその五分の一ほど。

メグには、黄金の契約という珍しい力が瞳に宿った。同じ能力の人には会ったことがないし、存在も聞かない。

世界を救えるような強い力ではないが、アンゼリュー家はメグが引き継いでからますます潤っている。

商館の一人娘としては、跡を継ぐのにふさわしい能力であったが…………。

――この世界でも、数字と書類から逃れられない。

メグ・アンゼリューには、前世の記憶がある。

転生して、二度目の人生となり、この世界に生まれ落ちたのだ。

前世は水崎恵美《みさきめぐみ》という名の、二十七歳のOLで、経理のお局《つぼね》だった。

漫画やゲームには詳しくなかったけれど、今生きているのがファンタジーな世界だというのはわかる。

モンスターを倒す据え置きゲームのCMぐらい見たし、スマホを離さない営業が持ってきた領収書が、ゲームのプリペイドカード購入の代金だと気づき、突き返したこともあった。

馴染《なじ》みのない世界だけれど、生を受けたなら働いて人生をまっとうしなければならない。

ファンタジーな世界も、少々ブラックな会社も、中に入ってしまえば社会人という面では大差ない。

むしろ、能力とコネがはっきりとしているこの世界の方が、清々しくて気持ちいい！

――どうせなら、ダンジョンに潜って一攫《いっかく》千金できる派手な能力が欲しかったけど。

ないものは、仕方ない。

人は、自分とは違う力に惹《ひ》かれるのだ……二度目なら肉体派でいきたかった。

といった経緯で、記憶がこんがらがっていた幼い頃は親を困らせたりもして――二十七歳の中身に、身体が追いついた十八歳。

精神面では前世から全然成長している気がしない。

原因は前世から今まで、恋とか愛とかと無縁だからとメグは勝手に決めつけていた。

仕事場に来て、数字と書類とだけ戦っている。

あの手この手で領収書を認めさせようとしてくる営業との攻防が、あの手この手で富を得ようとしている商人との攻防に変わっただけだ。

年頃になるまではアンゼリュー商会を手伝うのが楽しく、商会の一人娘に言い寄ろうとする男性は、商会代表である父に徹底的に排除されていたらしい。

自分で言うのも変だが、前世よりも恵まれた容姿は、小動物みたいで確かに庇護欲をそそる。

商人相手に立ち回るのであれば、今のぽわんとしている顔つきではなく、吊り目でびしっとしたいが、無理なのできりっとした表情でカバーするしかない。

メグは目の前にいる富豪へ出したジュースが、一気にごくごくと飲まれていくのを見た。

「ぷはー、アンゼリュー商会のジュースは美味《うま》いですな。商会内では飲み放題というのだから長居したくもなります。最近、このオレンジライムシーは酒場でもよく見ますよ、水より安く卸しているのだとか」

「はい。続けたところ身体を健康に保てる効果がありましたので、商会の手の届く範囲で広めています」

「ほほう、わたしもまだまだ元気でいたいので、感謝ですな！　しかし、オレンジライムシーのシーは何の果実でしょう？　オレンジとライムは取り扱ったことがあるのですがシーに心当たりはなく……」

「ひ、響きです！　呼びやすく親しみを持ってもらうための」

メグにはネーミングセンスがない。商品名をぎりぎりまで考えて出てきたのがこれである。

栄養素の研究がされていない世界でビタミンCのシーは迂闊《うかつ》だった。

この世界の人は食生活にうとすぎて、それが原因で病気になったりもする。

詳しく学んだほどでもなかったメグが引くぐらいに……。

怪我であれば冒険者の回復の魔法で治せるが、栄養が足らず弱ってしまった身体はどうにもならない。

自分の力で治癒するという部分に回復魔法は踏み込めないのだ。

だから、原価が安く仕入れられるビタミンCを含むフルーツの農家を、商会の力で支援し、生産している。

他には石鹸工場も作り、配布や安価で売ったりして、アンゼリュー商会ではうがい・手洗いを推奨していた。

衛生管理について、メグは潔癖ではなかったけれど、やはり気にかかったから。

実際に、メグはこの世界での母親を流行《はや》り病で亡くした――。

五歳の時だったけれど、親の死に目に会ったのは初めてで衝撃を受けた。

だから、世界を救うとか前世の知識で大産業なんて、大きなことは言えないけれど――せめてアンゼリュー商会とその周りだけでも、この世界の普通よりは少しだけでも健康でいて欲しいと願って。

「メグ・アンゼリュー様はどこですかっ！」

富豪とジュース談義で微笑《ほほえ》みあっていると、悲痛な叫び声がホールに響いた。

周囲の商談のざわめきが一瞬止《や》み、ふらふらした足取りで貴族の男が入ってくる。

人が分かれた道を歩いてくるのは、先日にメグと初契約した伯爵家次男坊だ。

商館警護の者が二人、貴族をすぐに取り押さえられる距離でついてきている。

「ここにいます」

メグはが警護の二人へ目を向けて頷くと、心得ている二人は富豪の周りをカードした。

「だ、代金を払いに来た……」

布袋が机の上にごとりと置かれる。

契約代金はシュテラ金貨三枚に、シュテラ銀貨十五枚であったが、袋の膨らみは大きく半銀貨や銅貨もかき集めてきたように見える。

本日までに貴族が支払う織物の代金であった。

三日ほど前から、逃げられたと商会の一部の者が騒いでいたけれど間に合わせるしかなかったようだ。

すぐに、主計係が飛んできて袋を開けて数え始める。

「…………っ、うぅ……」

貴族は手からお金を離したのに、恨めしそうに貨幣を見つめていた。

「お、おれは……持ち逃げするための乗船料も払ったし、荷物もまとめたんだ……だ、だけど、いつの間にかそれを売り払って――――足が勝手にここへ向かって」

契約を守るため、魔法により行動は制限されてしまうが、心にまで影響を及ぼして変化させるわけではない。

だから、貴族は、本当にしぶしぶ払ってしまうだけなのだ。

「支払いの金額、あっています！」

貨幣を数え終えた主計係が、叫ぶ。

「お気持ちはよくわかります。正直なのは結構ですが、代金はいただきましたので、もう逃げる予定だったなんて言わない方がいいですよ」

メグは宥《なだ》めるように貴族へ声をかけた。

変えられない性根や出来心は、商売をして今後も生計を立てていきたいのならこれに懲りて改心という流れとなる。

「………すまなかった……」

「いえ、今後ともよろしくお願いしますね」

静まっていた他のホールの商談が「いつものことだ」と興味をなくして、再開されていく。

取引の初回は、こんな風に始まることが多い――。

騙そうとして痛い目を見た人ほど、今はお得意様になっているなんてこともある。

メグが貴族と結んだのは当然〝黄金の契約〟であった。

この魔法契約からは、絶対に逃げられない。

約束は必ず守られ、取り立てに出向かなくても代金は支払われる。

とてもありがたい能力だ。

もちろんメグも契約に縛られるけれど、当然騙《だま》したり、破る気などないので問題が起きたことはなく……。

仕事の正確さの面では、こなしていくたびに評判が上がっていくので、アンゼリュー商会の魔法の絶対契約ならとのご指名も多い。

すごすごと帰っていく貴族の背中を見送り、メグは富豪に向き直った。

「騒がしくしてすみません」

「いやいや、アンゼリュー商会に嘘はつけないと己を戒めたところですよ。あなたの黄金の契約には、通常の商談など物足りないのではありませんか？」

「とんでもない、どのお仕事も充実しています。できる限り、皆が潤うお取引をしたいと思っています」

充実はしている。ただ、もっと皆が潤うために手広くいきたい部分はすでに動きだしていたりもする。

富を得ているアンゼリュー商会にできることは、そのコネを使った道の整備や巨大建築などの請負――すでにシュテラファン王国の離宮建築は行った。

貴族の別邸や領地の道路整備も何件か舞い込んでいる。

しかし、現在のお金持ちばかりと仕事をしていては、先細りでもある。

これからは、商売の芽を育てるべく、顧問やアドバイザー的な助言の仕事も必要だと、メグは売り込みをかけていた。

「お話し中失礼します。お嬢様、次のご予定のお客様が到着されました」

かつかつと靴音を立てて知らせに来たのは、秘書のルージェリーだった。

顧客の前でもお嬢様呼びなのは、メグが小さい頃からの遊び相手をしていたせい。

今はよき右腕であり、かけがえのない友人である。

羨ましいほど色気のある美人の、三歳年上の二十一歳であった。

やや吊り目の緑色の瞳に、アップにした栗色の髪。

黒に赤のラインの入ったかっちりとした細身ドレスに、白いレースの上品な胸元。

アンゼリュー商会のスタッフは、男性はパンツスタイル、女性はドレススタイルで制服を支給していた。

「えっ？　いらっしゃったのですか……そう」

このあとの予定は、来る見込みの少ない冷やかしと思われる今到着した約束と、少し遅れての別件が二つだった。

優秀でメグの意図をなんでもわかってくれるルージェリーが呼びに来たのだから、本当に到着していて少し待たせている頃合いなので、行かなければならない。

「長居をしたね。わたしはそろそろ部屋へ行くよ、どれ……オレンジライムシーをもう一杯。ぷはー」

ピッチャーから、なみなみと手酌したオレンジライムシーを一気飲みして、富豪が下がっていく。

「お気遣いありがとうございます。ごうぞ、ごゆっくり滞在してください」

メグはルージェリーとぺこりとお辞儀して、案内係に連れていかれる富豪を見送った。

そして――――。

「ルージェリー………本当に、来たの？　本人が？」

「はい、護衛も付き人もなしでお一人で。ヴァーモア辺境王を二階のお嬢様の執務室へお通ししました。お顔は肖像画や記念金貨と相違なき人物ですわ」

少々ミーハーなところがあるルージェリーが、目を爛々《らんらん》とさせている。

もちろん、お客様の前ではすました顔であるが、その分だけメグと二人になった時は感想が正直である。

――ヴァーモア辺境王が、来た。

大きな案件に、メグはぞくぞくっとした。

会ったことはなかったけれど、彼は超がつくほど有名人であったし、書面での依頼の問い合わせは来ていたので、内容はわかっている。

商人としての知識に足りないところは、一応は周りのことも調べた。

その結果メグが出した結論は――――。

「…………」

――かなりの危険案件……。

踏み込むには、かかりきりになる仕事である。依頼の不慣れな文面から、多くの専門家へ見積もりを取っているのではと、メグは積極的な姿勢を見せなかった。

詳しい話は、依頼前提ならばアンゼリュー商会でお会いしましょうと注意深く返事をした。

冷やかしなら、食いつきの悪いメグに対しては、もう何も言ってこないだろう。

「とにかく、お会いしましょう」

大きく息を吐いて、身体の緊張を取る。

「はい、本日残りのお嬢様の予定は、契約ではありませんので代理の者にわたくしがついていき終わらせますので、存分に打ち合わせくださいませ。飲み物はすでにお出ししてありますが、別の係の者を待機させておきます」

「助かります。秘書、最高！」

「お褒《ほ》めにあずかり、光栄ですわ」

前世では、秘書の必要さがさっぱりわかっていなかったけれど、今なら理解できずにごめんなさいと言える！

判断できる自分が二人いるという感覚――――。

何も言わなくても、メグが考える以上に状況判断をして、手配をしてくれる。

バッティングの対処や、常に先回りした手配で、メグの仕事を最良に導いてくれるのだ。

時間が読めない予定で忙しい時には、絶対なくてはならない存在。

ルージェリーのおかげで、目の前の案件にだけ集中することができる。

「お嬢様、ご不安でしたら、わたくし残って扉の外で待機しておりますが……」

「いえ、気合を入れていただけです。執務室へ行ってきます、あとをお願い」

気持ちを奮い立たせて、メグはルージェリーと別れホールの右端にある、絨毯張りの階段を上った。

螺旋《らせん》となった階段には、艶やかに磨かれた赤茶色の手すりがついている。

辺境王もまた、ここを上ったのだと思うと、不思議な気分だ。

執務室まで慣れた廊下の道のりを歩き、扉をノックした。

コンコン――――。

メグの執務室なので、敬意をほどほどに声をかけながら開ける。

「失礼します。お待たせして申し訳ありませんでした」

辺境の王様がアポありとは言え、ふらりと来るのもおかしいし、護衛も付き人もいないなら、手順も何もあったものではない。

話し合うのは依頼者と商人。

仕事の面では、対等な二人なのだから――――。

メグは執務室へ足を踏み入れた。

フリンジのついた緑のカーテンに、赤い天鵞絨《ビロード》張りの長椅子。

小テーブルの上には紅茶のカップがあった。

メグは瞬時に目で来客を探す。

だいたいはソファに座っているが、声がしたのは窓際からで――――。

「待ったうちに入らん。会って話を聞いてもらえることを嬉しく思う。俺はマテウス・ヴァーモアだ」

「あっ……」

よく通る声だった。

背が高いことはわかっていたけれど、身体の筋肉質な逞《たくま》しさからとても存在感がある男の人だった。

一応はお忍びなのか、シャツと装飾の少ないベストに黒い上着という姿であったが、身体にあった服を身にまとっているので肩幅が大きく迫力がある。

商人が見れば間違いなく一級品である艶やかな上着は、野性味に上品さを加えていた。

精悍《せいかん》な整った顔立ちに、藍色の瞳。元は冒険者の戦士であった眼光は鋭く、強面《こわもて》の部類に入る顔であったが、恐ろしい人には見えない。

緋色の髪はざっくりと前髪を後ろへ流していて幾本か額に落ち、襟足は清潔感のある短髪であった。

年齢はメグより十歳も年上の二十八歳であると知っていたが、まとう穏やかな雰囲気は年相応でも、どこか若々しさも感じた。

おそらくは元戦士で剣一筋だったせい……？

まなざしには少年の心を持つような純粋さが秘められている気がした。

――こ、これは……ルージェリーが目を爛々とさせていたわけです。

アンゼリュー商会ではお目にかかることができない、男ぶりである。

いや、シュテラファン王国にも、敵《かな》う人はいないのでは？

あいにくとメグは男の人に見惚《みと》れたという感情がないので、取り乱さずには済んだ。

でも、ちょっと贔屓《ひいき》しようかなという気にはなってしまう。

「こちらこそ、お会いできて――――まさか、このような場所までご足労いただけるとは、恐悦至極です。私は……」

彼がマテウスと名乗ったのだから名乗らなければならない。

けれど、いつも新規の取引相手と会うこの時は緊張する。

アンゼリュー商会の代表が女であることを知らずに激昂する者もいるし、年齢を見て「小娘に話ができるか！」と怒鳴られたこともあった。

「私がメグ・アンゼリューです。アンゼリュー商会の代表をしています」

「おおっ！　本人自ら会ってくれるのか、ありがたい」

パッとマテウスの顔が輝いた。期待に満ちたワンコみたいな表情だ。

頑張っちゃおうかな、という気になってしまう、反則だ……。

メグは隙を見せられない商人やずる賢い貴族とばかりとやりあってきたので、どうしても裏がないか考えてしまうも、マテウスに限って、それはないと断言できそうな反応だった。

――――普段は「なんだ、女か」と言われるのが当たり前でしたのに。

とりあえず、ヴァーモア辺境王が人を見た目で判断しないというのはよくわかった。

「っ……まずは、書類を拝見しました。ダンジョンの件ですね」

メグは執務机の引き出しを開けて、用意していたヴァーモア国の概要を手にした。

時として商売というものは、情ではなく心を鬼にして言わなければならないことがある。

なぜなら、苦言をして誰かが止めなければ、もっと最悪な結果になるからだ。

「ああ、アンゼリュー商会ならば力になってくれると思ってきた。顧問料を払えば利益につながる素晴らしい助言をしてくれると評判だ」

これで成功したと疑わない、マテウスの期待溢《あふ》れるまなざし。

――気持ちは、わかる。

わかるけれど、無理なことがある。

将来的にマテウスの笑顔を長く守るには、会ったばかりの彼に対して鬼となることも必要だ。

「――」

メグは、すうっと大きく息を吸った。

曖昧な言葉で取り繕っても仕方がない。

「ヴァーモア王国でダンジョンが見つかり、運営したいとのお話。端的に申し上げて、黒字経営は無理です！」

【第一章】前世と契約の瞳～建国の英雄とうっかり結婚ですか⁉～

ダンジョンは、冒険者にはなくてはならないものであるが、商売的な目で見れば恐ろしいほどに儲《もう》からない――――。

見つけた国には、保全や探索補助のために整備をし、それを維持する義務が発生するためだ。

初期投資に莫大なお金や人がかかる。

その回収は、産出品に税をかけたり、入場料を取ったりで補うが、有名なダンジョンはすでに多く存在するため、儲けられると冒険者に思われなければ閑古鳥で維持費だけが膨らむ。

早くに初期投資を回収しようと、税や入場料を高くすれば、当然、冒険者には見向きもされない。

この世界には手っ取り早く魅力を伝えるための、テレビもラジオも新聞もない。

噂だけで魅力を伝えるのは難しく、何より広まるのに時間がかかる。

実際のところ、本当に儲けられるダンジョンかは行ってみなければわからない。

行った者が悪いと感じたら、次はなかなか来てくれないだろうし、冒険者仲間にもそれは広がる。ダンジョンの内容に嘘はつけないのだ。

ダンジョンは、ここシュテラファン王国にも三つ存在するが、幸いにも近い場所にあったため管理を一括でしていて、ぎりぎり赤字にならずに済んでいる。

冒険者が多いカザラ王国には百近いダンジョンがあり、国を挙げての主要な産業であった。

ここまでいけばノウハウもあるし、有名ダンジョンを多く保有しているので、赤字のところを黒字のところで補うことができる。

冒険者としてもダンジョンを効率良く巡りやすいので、彼らはほとんどがカザラ王国を活動拠点にしていた。

マテウスの辺境ヴァーモア王国はといえば——初のダンジョンである……。

全部最初からとなると、整備の義務を放棄するため、ダンジョンを見つけなかったふりをするのが賢い判断だ。

まずは知ってもらい興味を引き、リピーターになってもらいつつ、さらに儲かる噂を広めてもらう。

しかも——本当に儲かる魅力的なダンジョンであることが大前提。

さらに——カザラ王国の有名ダンジョンから冒険者を引っ張ってこなければならない。

いや、無理でしょう！

という思いでメグはまくし立てたかったけれど、さすがに王様に対して失礼なのでやめた。

「ああ、やはり無理か。側近にも、王宮出入りの商人に聞いても、同じ答えが返ってきたからな。アンゼリュー商会で駄目なら、打つ手はなし……か」

メグの放った「黒字経営は無理」との言葉に、マテウスは寂しげに息を吐く。

気持ちがとても正直に顔と態度に出る人らしい。

さっきの期待ワンコから、一変――がっかりワンコになった彼を見ると、罪悪感でいたたまれなくなりそうだった。

「……ええと、お座りになってください。私の知らない事情もあるでしょうし、お力になれることもあるかもしれません。アドバイザーとしての助言や、打開策を一緒に考えることぐらいはできます」

メグは天鵞絨のソファを勧めた。

普段ならばお断りする内容で、マテウスでなければ話すことは時間の無駄でお帰りいただく案件であったが、できる限り力にはなりたいと思ったから。

「俺の話を聞いてくれるのか？　さすが、アンゼリュー商会だ！　メグ殿、よろしく頼む」

どっかりと腰を下ろしたマテウスは、あっという間に元気を取り戻していた。

「メグで結構です、王様に敬われる商人はおかしいです。ヴァーモア王」

「その呼び方は俺にはまだ重い。マテウスでいいぞ、メグ」

女商人とか、アンゼリュー商会とか、メグはなかなか名前を覚えてもらえないのに、マテウスにあっさり呼ばれると温かい気持ちになってしまう。

「……では、マテウス様。紅茶をもう一杯飲まれますか？　それとも、柑橘《かんきつ》のジュースはいかがでしょうか？」

「柑橘ジュース、オレンジライムシーだな！　ぜひ、それをいただこう。城でも切らさないように馬車買いしているんだ」

箱買いならぬ馬車買い！

「樽を三十積んだ馬車ですか⁉」

「ああ、剣の訓練のあとにきゅっとやるのがたまらない。湯あみ上がりにも二杯ほど……美味くて際限なく飲めそうだ。いくらあっても足りない」

「あっ、ありがとうございます！　ヴァーモア王……ではなく、マテウス様に気に入っていただけているなんて」

嬉しい……！

なんでも飲みすぎはよくないけれど、水は差さないでおこう。

メグは弾む足取りでワゴンへ行き、ピッチャーからグラスへオレンジライムシーをなみなみと注いだ。

テーブルへ出すとマテウスがくいっと飲み干したので、もう一杯だけ注いでから、話し合いをするために低いテーブルを挟んだ向かい側へと座る。

「では、失礼して」

メグは敬意を持った会釈をしてから、腰を下ろした。

やんごとなき方と向かい合うことは、初めてではない。

この世界は前世の中世ヨーロッパぐらいの文明で階級があり、王族や貴族がいるけれど、平民である富や知識を持つ商人や冒険者との隔たりは少なかった。

特に優秀な冒険者を多く抱えることは、国の最大の力の誇示である。

メグの立場は、豪商といったところ――。

一方のマテウスは、変わった経歴を持っていた。

「俺がダンジョンにこだわるのは、元冒険者だからだ。そこに生きてきたすべてがある」

マテウスがきっぱりと言い放つ。

「はい、存じております」

「うむ……」

マテウスは言い出しにくい話なのか、相談するそぶりを見せたのに黙り込んだ。

依頼者にはよくあることだ。

メグは急《せ》かすことなく、聞く姿勢の穏やかな笑みを見せたままで待った。

一国の王が、アドバイザーとは言え、会ったばかりの商人に気を許すのは難しい。

マテウスの重い口を見つめながら、メグは彼を思う……。

以前は、シュテラファン王国のお抱えの戦士だった冒険者――マテウス。

鍛えた肉体から繰り出される剣術を得意とし、魔法も使うことができると聞く。

未踏破だったダンジョンをいくつか踏破し、最強の冒険者として、皆の憧れであった。

一方で、シュテラファン王国からの要請で戦争でも多くの領地を救い、英雄となっている。

メグも庶民用の手のひらサイズのマテウス肖像画で、ちゃっかり一儲けした。

大陸の東がここシュテラファン王国で、西にある大国が戦争相手のカザラ王国だった。

シュテラファン王国はさらに東が恵みの海で、島々もあり、交易が盛んな商売の国。

カザラ王国は、自然の恵みとダンジョンが多く、冒険者の国。

その二国が重なりあった中央の地は、北と南を高い山々で囲まれて、二国をつなぐ大地は互いのよいところが入りまじる肥沃《ひよく》な土地である。

どちらの国からも辺境の地、日本でいえば関東地方ぐらいの広さの大地が、戦争によりシュテラファン王国の国土になったり、カザラ王国の国土となったりを繰り返していた。

それに終止符を打ったのが、シュテラファン王である。

シュテラファンの国土となった状態の三年前に、その地でマテウスに建国を願った。

爵位を与えての領地ではなく、二国の中央で新たな国として独立するように頼んだのだ。

絶対的カリスマを持つ英雄にしかできないこと――。

マテウスはその頼みを聞き入れた。

シュテラファン王は彼に頭の切れる重鎮をつけ、さらに人望のあるマテウスに優秀な者が自然と集っての建国。

取ったり取られたりの土地ではなく、地に足がつく平和。

カザラ王国の反対はあったけれど、冒険者のほとんどがマテウスを慕っていたため、しぶしぶ認められた。

建国したヴァーモア王国の評判は、かなりよい。

安全に二国間を旅ができるようになり、交易は潤い、メグも商人として大助かりである。

「……俺が話すことは、他言無用に願いたいのだが」

やっとマテウスの重い口が開いた。

「はい、守秘義務は徹底しています。誰にも言いません。だから、安心して思うままに話してください」

「よかった。俺がいつも城で口にしていることだが、別のところから臣下の耳に入ると、気を悪くするかもしれないからな」

他言無用が、国の情報の漏えいのためではなく、臣下への気遣いなのだと、メグはマテウスの優しさを感じた。

一つ一つが誠実な言葉である。

「その……俺は、王となったはいいが、使命が足りない気がしていた。周りの者は皆、気がよく優秀で、すべてを上手《うま》くやってくれている。俺も国に尽くすべきだとは思うが、憧れの象徴としてただいてくれればいいと言われて、何も手伝わせてもらえない毎日だ」

「なるほど……国政にかかわらせてもらえないと」

想像はできた。言葉一つであっても、正直に口に出す前に考えて、逃げ道のある答え方をしなければいけない政治的な分野はマテウスには向いていないように見える。

気持ちが正直に顔に出るところも、周囲には慕われても、敵意を持ってくるものに対しては、餌食《えじき》となってしまう。

「いや、報告はあるし、決断も俺に委ねてくれる。だが、どこかへ出向いて誰かを救ってくれとは言われないんだ。崇められるだけの生活は性にあわずに、今すぐに未踏破のカザラ王国ダンジョンに乗り込みたくなる！」

相当溜《た》まっているのだろう、王様は旅立ちたくなっている。

「いや、それ絶対やったら駄目なやつです！　王様が冒険に行っていきなり死んだら、皆さん困りますから」

「単独突入におけるダンジョンの引き際は心得ているつもりだ」

「しかも一人の予定っ、パーティぐらい組んでからにしてください」

アンゼリュー商会の帰りにぶらっと行かれても困る。

いったん城に帰ってからにしてくださいね……ではなく、責任問題にもなるので、悩みぐらいは解決させないと！

「そんなに心配そうな顔をしなくても、勝手に他国のダンジョンには行かん」

「はい、そうしてください」

「だが、ヴァーモア王国内なら話は別だろう？」

マテウスがちょっと誇らしげな顔をした。

それ、台風で学校が休みになった時の子供の顔ですから！

「半年前、ヴァーモア国内でダンジョンの見つかった話を聞き、感動で身震いした……俺がするべきことは、これだ――――と」

ああ、赤字まっしぐらな生きがいと出会ってしまった！

「俺はダンジョンで国興《くにおこ》しをしたい。得意分野はそれしかないんだ」

「経営と、潜って冒険するのは違いますよ？」

百も承知のことだろうけれど、メグは忠告した。

しかし、頭の中の計算では、マテウスが暇を持て余していて、彼の手ほどきが受けられるダンジョンという名目なら、冒険者は集まるかもしれないとピーンと算盤《そろばん》を弾く。

大きな売りを一つ見っけ！　まだ、足りないけれど。

「わかっているつもりだ。皆に反対された。中にはダンジョンを見なかったことにするように意見してきたり、今はダンジョンの土地ごとシュテラファン王国へ売り払う話も出ている」

「赤字確定の部分を切り離したい考えですね。英断です」

メグでも真っ先にどちらかを提案する。

どうしても王が取り組むと言い出したとしても、マテウスは脳まで筋肉的な感じでお金儲けは苦手そうだから……。

うん、止める。駄目って説得して、考えを変えてもらえなければ、王がその話をしなくなるまで逃げるかな。

「俺は国庫には手をつけず、冒険者時代の個人資産でダンジョンの入り口と道を整備した。あとは、ギルドへの手続きやらなにやらだけなんだ！　なのに、誰も協力してくれない」

「えっと……その、手続きやらなにやらが、とても大事なのですけど」

入場料や出土品の税の取り決め――――。

形だけ作っても、その後、続けることを考えていない発言である。

潜るだけの冒険者にとっては、すでに決められたルールとして当たり前にあるものだから、その取り決めにどれだけの工夫が凝らされているか、わからないのかも。

――――でも、ダンジョンの入り口と道の整備がポケットマネーでされているなら。

パチパチッとメグは頭の中で算盤を弾いた。

前向きな判断材料もひとつ見っけ！

初期投資費が減る。

「シュテラファン王国は、俺がかけた設備費も上乗せするので、買い取りたいと言ってきている。だが、俺が丹精込めて整備したベグロカは――――」

「ベグロカ？」

いきなり、愛しい人に向けたような切実な口調になったマテウスへ、メグは尋ねた。話についていけなくなると困る。

「むっ、言っていなかったか。俺がつけたダンジョン名だ。ベグロカ――――古き精霊の言葉で〝感動の始まり〟という意味だ」

「いい名前ですね、覚えておきます。ベグロカ……」

なにやら重い上に、やりたい気持ちはわかるけれどキャッチーになりきれていない、メグのオレンジライムシーみたいなネーミングセンスだ。

ダンジョンのこと、なるべく〝ベグロカ〟って呼ばないと……。

名前までつけたのなら、さぞかし愛着が湧いているだろう。

「よかった！　側近は誰もベグロカと呼んでくれなかったのに。覚えてすらくれなかった」

側近の皆さん、よほどダンジョンのこと、止めたいんだろうな。

思っても口には出さないでおく。

「こんなに深い話ができるなんて思わなかった。メグは最高だ、来て……会えてよかった、胸が軽くなった！」

「えっ、ええっ！　どうも……こちらこそ、よかったです……？」

本当に話を聞いてくれる人がいなかったんだなと、同情する。

王の胸の内にあるもやもやを少しでも取り除けて、純粋に喜んでもらえたのならいいけど。

深い話までした記憶はない――。

「まだ何も経営については、つっこんだ内容に踏み込んでいませんよ」

「さらに聞いてくれるんだな！　ああ、この時間がいつまでも続けばいいのに」

「………」

幸せそうだから……いいか。

国でも、実行は別として、誰か聞くだけ聞いてあげればいいのに――。

「………マテウス様は、側近の方は無理でも、ええと……今日あったことなどを、黙ってでもうんうんと聞いてくれる王妃候補の姫はいらっしゃらないのですか？　それだけでも、心がとても軽くなると思いますよ」

今のところは、独身王である。

ずっと、ダンジョン会話に飢える孤独王であってはならない。

建国したばかりでも、世継ぎのいない王が独身であることはありえないので、今頃は政略結婚の話でもちきりだろう。

聞き上手の王妃がいれば、メグよりも、もっと上手く優しく聞いて、励ましたり宥めたりできるのに。

「何人か引き合わされたが、茶会の席で俺が話しだすと、皆……眠りこけるんだ。側近は苦い顔で逃げていくし、なぜだろうか?」

「ど、どうしてでしょうねー!」

お姫様に冒険者の話題――――しかも、ダンジョンについては、難しいのかも。

側近の方は、心を鬼にして会話を回避しているだけです!

「ああ、他の者の話は必要ない。お前がいるから、今の俺は満ち足りている。ここまで聞いてくれたのはお前が初めてだ」

商売人は気長に話を聞くのも、お仕事なんですけど……。

「…………」

とにかく、マテウスが頑張っているのはわかった。

一生懸命で誠実な人柄がにじみ出ている彼を、見捨てる気にはなれない。

それに…………。

メグには、いくつかの黒字とはいかないまでも、ぎりぎり赤字にはならない……ぐらいの目処《めど》がつき始めていた。


ひとつ――――。

冒険者の憧れであり、生きた英雄でもあるマテウスの手ほどきが受けられるダンジョン！

大きな売りである。しっかり噂を広めたら集客力につながる。

本当は、ダンジョン名前を〝マテウス〟にしたいところだけれど〝ベグロカ〟が気に入っているみたいなので、それは機会があれば提案するレベルで……。


ふたつ――――。

すでに、入り口と道の整備ができていること。

その出来は実際に行かなければわからないけれど、ダンジョンに詳しいマテウスなら、入り口をただ木で囲っただけにはしていないはず。


みっつ――――。

アンゼリュー商会は、ヴァーモア王国とのつなぎに乗り遅れている。

建国したばかりであるから、その直前の噂を聞きつけた際に、懇意にしておくか静観かの選択で、様子を見ることにした……。

新しくできた国は、歩きだせずになくなることもあるから。

しかし、ヴァーモア王国の評判はよい。

直接、王とつなぎを作れるなど、またとないチャンスだ。


よっつ――――。

おそらく、ダンジョン絡みのこの案件は、ヴァーモア王国の予算ではなく、マテウスの個人資産によるもので、国政とはかかわりがないこと。

商会からの新参者が、側近として国政に意見しに行くわけではないのでしがらみは少ない。

マテウスの話に聞く側近方も、王が勝手に一人で考えなしにダンジョンにお金をつぎ込んで、失敗するのを見ているのは辛《つら》いだろう。

見たところ、マテウスは、腕っぷしと性格で人望を集めた者だ。

象徴である彼が、元気をなくしていたら、国の活力もなくなると思う。


その他の要因は、いいことも悪いことも、現地を見てケースバイケースで考えるとして……。

メグは、頭の中で意見をまとめ終えて、口を開いた。

商人として、気休めの希望は言わない――――。

成功の確率があり、やりがいがあり、アンゼリュー商会の得るものが大きい。

そして、マテウスの力になれる……。

充分であった――――。

「ベグロカのことなのですが、今お聞きして、私はいくつか黒字とはいかなくても、ぎりぎり経営できる要素を見つけました。現地に行ってみなければわかりませんが、それも含めてアドバイザーの依頼をお受けできるかと思います」

「うおおお――――っ！　やった、大歓迎だっ！」

椅子から立ち上がって、マテウスが叫んだ……ではなく、吠えた。

座って聞いて欲しいけれど、喜びを露わにしているみたいだから、しばらく放っておこう。

「確認させていただきたいことがあります。失礼ですが、マテウス様のベグロカへ投資できる金額はおいくらまででしょうか？　ヴァーモア王国の財政からではなく、個人資産を充てる形で間違いありませんか？」

「もちろん、個人資産だ！　入り口と道の整備を終えた段階で、残りの全財産はシュテラ金貨五千枚だ。好きに使ってくれ」

「ええっ！　シュテラ金貨五千枚ですか……お、お金持ちですね」

有り金を全部白状してくださいとまでは言っていないのに、マテウスは正直だった。

新しい、いい目処が立った。さすがに、全部は使わないようにするけれど……。

この世界での金貨一枚は、前世の価値で十万円ぐらいである。

だから、マテウスの予算はざっくり五億円だ。

「国庫からではなく、個人資産も充分。お受けできるかと思います。マテウス様に問題がなければ、アドバイザーとしての契約期間と達成条件を決めましょう」

「おおっ！　ぜひ、やってくれ。契約についてはメグが詳しいのだろう？　この依頼にあう提案があれば任せる」

「妥当なところで、アドバイザーの契約期間は十年でしょうか。早期終了条件として、一年間黒字が続けば契約終了という感じでいかがでしょうか？」

一年間黒字は、努力目標である。

十年間ずっと赤字でも、メグがついていればおかしな設備投資はしないので、金貨五千枚を全部なくしてしまうことはない。最悪でも半分は残る。

「素晴らしい。メグが十年もアドバイスしてくれるのか！　嬉しいし、心強い！」

「ただの愚痴聞き相手ではありませんよ。仕事です、可能であれば一年黒字で軌道に乗せるんです…………わかってるのかなー」

最後のボヤきは聞こえないように言った。

「今すぐ契約を結ぼう、メグの気が変わらないうちに」

「それ、商人の方のセリフですから……契約の前に色々な確認がまだあるのですが、マテウス様の場合、契約書を出した方が早いです」

一から十まで口で説明していたら、日が暮れてしまいそうだ。

「マテウス様、私の契約の力はご存じでしょうか？」

「ああ、互いに破ることができない、信頼のおける魔法契約だと聞く。俺は絶対に裏切ったりやめたりしないので、願ってもない力だ」

彼の言葉に小さく頷き、メグは真剣な声を出す。

「それでは、契約書の作成に入ります」

瞳を閉じて、ゆっくりと開ける。

メグの目が金に輝きだしたところで、マテウスが少し驚いた顔をしたのが見えた。

――黄金の契約。

魔法書面が現れ、一瞬にして自動書記がされる。

契約の細かな内容が、互いの頭の中へと焼き付くようにして広がっていく。

「おおっ、ダンジョン〝ベグロカ〟について――！　全部しっかり書いてあるぞ」

「……当たり前です」

契約書にあらましが記してあるのは当然である。でも、希望したことが書かれているのを見つけると嬉しいのは、ちょっとわかる。

「うむ……うむ。なるほど、全部理解できる。便利な力だな」

「はい。あとは私のアドバイザー料を記すだけなのですが、どのようなご予算を希望しますか？　金貨でご提示ください」

空欄は、契約について〝はい〟と思ったらできるサインと、金額だけである。

「任せると言ってもいいのか？」

「できれば、マテウス様が納得して決めていただいた方が、今後の仕事がスムーズになります。私が失敗した時や、成功した時、ご自分で金額を提示した時とそうでない時とでは重みが違ってくることがありますので」

「ふむ。一理あるな。丸投げで任せきりではなく、金額を考えることまで放棄せずに、参加しているという意識も必要ということか。苦手なことでも挑戦あるのみ――――ならば、シュテラ金貨二千枚だっ！」

意欲的なのは大変結構だけど、契約書にシュテラ金貨二千枚という、恐ろしい数字が出た。

「ちょっ……お、多いです！　多すぎです‼　予算の半分近くつぎ込まないでください」

「遠慮深いんだな。では、シュテラ金貨五枚だっ」

「…………減らしすぎです」

――――いくらなんでも、少ないです。

日本円に直すと、最初に提示されたのが二億円で、次が五十万円だ。

いろんな意味で、この人についていてあげないとダメな気がする。

メグとしては、シュテラ金貨五十枚の五百万円ぐらいが妥当な線なのだけど……。

アンゼリュー商会として、メグの働いた分だけ赤字で切り離してもいいぐらいの金額。

本格的なダンジョンの立ち上げまでは半年ほど出向して、あとはシュテラファン王国に戻って、二カ月に一回ぐらいのペースで視察し、売上データを見てアドバイス。

見返りは、ヴァーモア王国とのつなぎであれば、採算が取れる。

「マテウス様、もう少し……いや、だいぶ……ぐらい、上げていただければと思います」

「なるほど！　では、シュテラ金貨二十枚だ。なにやら、お前とのこのやりとりは商人になった気持ちで楽しいな」

マテウスは嬉しそうだった。ニコニコとメグへ笑いかけてくる。

「は、はあ……もう一声！」

わかってるのかなー、この人。

「シュテラ金貨三十枚だ。お前と毎日、交渉する生活も楽しそうだ」

そろそろ、無垢《むく》に向けられる好意が重い。

いい人だし、たぶんすごくいい男なのだけど、免疫がないので困ります！

「………うう、えーと、もう一声お願いします」

いい感じに、シュテラ金貨十枚ずつアップだ。

この調子でいけば、次の次には契約を締結できる。

「シュテラ金貨四十枚！」

「もう一声です……！」

――――よし、次っ。

次に、はいと言おう。

そして、早く契約を終わらせて、ダンジョン経営について資料を読み込まないと――――。

「シュテラ金貨五十枚と、メグが俺と結婚だっ！」

「はいっ！　ではそれで！」

書類が自動書記されていき、光を放つ。

〝金貨五十枚及び、メグ・アンゼリューとマテウス・ヴァーモアの結婚〟

流れの勢いで〝はい〟と思ってしまったメグと、すでに〝はい〟と納得していたマテウス。

絶対契約の魔法書類は、無情にも作成されて、二枚に分かれて完了となった。

「って、えええええええっ！　結婚……っ、待っ……今のなし！」

うっかりミスに叫んだけれど、時すでに遅し。

「あああっ……どうしよう、どうしよう」

「おお……！」

悲観するメグに対して、マテウスは感動の面持ちで契約書面を見ているだけだった。

「マテウス様、貴方《あなた》も困ってください。どうしてあんなことを言ったんですか！」

「困る……？　お前と結婚したいと思った気持ちをうっかり口に出してしまったら、契約ついでに結婚できて最高に嬉しいんだが」

「契約中に、別のこと思わないでくださいっ！」

ありえない――――！

絶対にありえないけれど、黄金の契約には、魔法がかかっている。

メグは十年間、アドバイザー兼花嫁としてマテウスと結婚生活を送るか、一年間でダンジョンを黒字にしなければ、婚姻関係を解消することはできない。

――――こうなったら……。

「…………うう」

何としても、ダンジョン〝ベグロカ〟を一年間黒字にして、離婚してみせる！

取引の話をしていたのに、なにがどうしてこうなった！

突然山積みとなった問題に、メグは頭を抱えて俯《うつむ》くしかなかった。

「メグ、大丈夫か？　大事な身体だ、今は無理をせず休め。これからアドバイザー兼妻としてよろしく頼む。絶対幸せにする」

「気が早いですから………」

マテウスの動じなさに、叫ぶ気力も吸い取られたメグは、弱々しい声を出すことしかできなかった。

※　※　※

その夜――――シュテラファン王国の宿屋。

マテウスは滞在のためにとっていた一室で、落ち着かない時間を過ごしていた。

身分や名前をヴァーモア王のマテウスではなく、ただの旅人としたのに、宿のもてなしは最上級である。

先ほど戻った時に「おかえりなさいませ、ヴァーモア王」と言われたので、とっくにバレているのだろう。

側近にはシュテラファン王国へ行くと告げてきたが、忍んできたつもりであったのに、道行く子供にも指をさされたし、生まれたばかりの赤ん坊を抱いた母親に、我が子へ祝福をくれと言われて、頭に手を置いたりもした。

肖像画やヴァーモア記念金貨が出回っているから、顔が知れ渡っているのは、どうにもならない。

街を混乱させて、シュテラファン王へ迷惑をかけなかっただけよかったとしよう。

シュテラファン王国内で一番大きなアンゼリュー商会があるだけあって、街は活気に満ちていた。

この大きな街の中心にあるアンゼリュー商会を仕切っているのが、結婚相手となったメグだと意識を向けると、何もかもが好きになり、もっと知りたくなる。

「メグ……」

マテウスは、メグを思った。

――――俺はなんて幸せ者なんだ！

ヴァーモア王国内で、ダンジョンについて聞く耳を持ってくれる者はいなかった。

側近の言葉がマテウスの脳裏をよぎる。


『ダンジョンは緘口令《かんこうれい》を敷いて見なかったことにしましょう！』

『土地ごとシュテラファン王国へ売るのが最良かと思います』


これまで、窮屈でも王らしくあれと行動してきた。

側近が示す方向は、納得のいくものばかりであったし、異を唱えなかった。

だが、ダンジョンへの扱いだけは譲れない！

冒険者にとって軽んじてはならないものだ。遠ざけるなど悲しいことだ。

そこで苦難を乗り越え、心も身体も成長する。

強くなる――――。

せっかくダンジョンが見つかったのだから、マテウスはその手助けとなることをしたかった。

目の前に、ぱあっと道が開けた気がした。

すぐに、閉ざされそうになってしまったわけだが————。

だから、藁《わら》にもすがる気持ちで、アンゼリュー商会を訪ねたのだ。

すると、女神がいた…………。

——俺の話を、真剣に聞いてくれた。

耳を傾けてくれる姿勢、的を射たような合いの手と、本気でダンジョンについて考えてくれた質問。

打てば響きまくる、まるで幸福の鐘の音だ！

求めていたのは、これであったと、感動した。

なんと優しくて賢い、そして、心強い……頼もしい、アンゼリュー商会の小柄な代表。

その小さな身体には、エネルギーが満ちていた。

期待に満ちて彼女を————メグを、改めてじっと見たら、なぜ今まで気づかなかったんだと、失態に思うほどに愛らしい顔をしていた。

——可愛《かわい》らしいっ！

これは、運命の出会いではないのか⁉

今まで、王として「妻を持て」と誰を紹介されても、何の気持ちも起こらなかった。

だが、メグならば……いや、メグしか妻にしたくないと思った。

大事なダンジョンの話は、どんどん興味深く掘り下げられていき、意識が向くのに、メグに気を取られてばかりで、商談中のマテウスは気が気ではなく……。

――幸せのダブルパンチだ！

恍惚《こうこつ》とは、あの状態のことを示すのではないのか？

メグは誰も言い出さなかった、思いつかなかったであろう、ベグロカ経営における有利な点をいくつか見出してくれて……。

契約となった――。

絶対契約と呼ばれる種類の能力は、メグの瞳をさらに美しい金色に輝かせ、目を見張った。

吸い込まれそうな光だ――。

この約束により、メグがアドバイスに来てくれる！

しかも、ベグロカを成功に導くための方法にいくつか目星をつけて。

ヴァーモア王国でも、いい発見をしてくれそうだ。

マテウスの頭の中は、どんな風に国を案内しようかという、はしゃいだ気持ちを抑えられなかった。

だから、金額の交渉など、彼女の言い値でよかったが、あまりにも人任せでは呆《あき》れられてしまうと思い、頑張って考えた。

脳筋《のうきん》とも、たまに呼ばれてしまう頭だ。

親しみを持った言い方はされるものの、鍛え上げた身体だけではなく、脳ミソまでムキムキと筋肉でできているという意味らしい。

実際、そんなマテウスを上手にメグは優しく導いてくれているみたいであった。

ますます、愛しい……。

こんなメグが妻であったら――。

大事な交渉の最中であったのに、マテウスの妄想は、果てしなく広がっていった。

あの時………。


『シュテラ金貨四十枚！』

『もう一声です……！』

――よし、もう一声といくか。なんて、可愛い声援なんだ。ずっとこうしていたい。

メグの大きな瞳にメロメロになりそうだ。

マテウスよりも小さい、摑《つか》んだら壊れてしまいそうな身体が頑張っているのを見ると、胸をきゅっと摑まれているみたいな気持ちになってくる。

好きだっ！

――いいや、いかん。メグのためにも早く彼女が納得する金額の提示をしなければ。

金貨十枚ずつ上げていた流れを、首を振って思い出す。

次こそは――。

……ああ、メグを今すぐ連れて帰りたい。

……生涯、添い遂げたい。

つまり、希望としては結婚ということになるのか？

――――それは、夢が膨らむな！

ああ、いかん。

契約の最中だったな…………。

さっきシュテラ金貨四十枚だから、次は十枚上げてシュテラ金貨五十枚。それぐらい簡単だ。

契約を終えたら、結婚を申し込むのはどうだろう？

善は急げだ。誰かに取られる前に！

マテウスの思考は、色々とまざった。

『シュテラ金貨五十枚と、メグが俺と結婚だっ！』

『はいっ！　ではそれで！』


メグの絶対契約にマテウスの願望がまざりながら、結婚も契約に入った。

幸運でしかない！

彼女の意思が困惑なのは無理もないが、まずは嫌われないようにしよう。

いや、そんな消極的なことでは駄目だ！

いいところを見せて、夫にしてよかったと思ってもらわなければ。

「うむ……こんな気持ちか」

ダンジョンで会う若者が口を揃えて「この冒険が終わって強くなったら結婚を申し込むんだ！」と息巻いていた心境が、今ならばよくわかる。

恋心、人を愛する心は強さに変えられるものなのだな！

マテウスにも力が湧いてきた。

「礼儀正しくいかなければ。まずはお義父上《ちちうえ》とアンゼリュー商会への挨拶か！　何を着ていけばいいだろうか」

二着しか持ってきていない、無頓着であった服を、マテウスは引っ張り出す。

「ああっ、ヴァーモア王国へ花嫁を連れて帰ると知らせなければ！　メグの不興を絶対に買ってはならない。国を挙げて迎えるようにしよう」

――もたもたするな、急げ！

ダンジョンの階層を一気に突破する感覚をよみがえらせ、マテウスはきびきびと動きだした。

【第二章】マジメな脳筋に好かれすぎて嫁入りしました～野獣本能の初夜～

絶対契約から五日。

アンゼリュー商会の前には、四頭立ての馬車が五台と荷馬車が並んでいた。

うち、一台はマテウスの乗ってきた馬車であったが、荷を満載して隊列のように並んだ美しい馬車は、まるで花嫁支度の馬車である。

旅立ちの準備を終えたメグは、まだ、ついてこない思考のままに立っていた。

メグは貝桃色の膨らみの少ないドレスを身にまとっていた。

あれほど地味な旅行着と釘を刺したのに、ルージェリーのこだわりと、父の要望が割り込んで要望が詰め込まれたドレスは、金糸で蔦《つた》模様が描かれている。

胸元や袖に重ねられたフリルは柔らかい布で、うっとりするような手触りであった。

クリーム色をした厚手のレースショールには、大粒のルビー飾りのブローチ留めまでついている。

ハーフアップにした髪の梳かして下ろしている部分は薔薇の香油で真っ直ぐに整えられ、アップにしているところへは、宝石の花弁を持つ花飾りがついていた。

確かに、ぱっと見た感じは豪商娘の旅支度とも見えなくはない。

メグの商人目線には、大急ぎさせた仕立屋の顔や、布や装飾品の生産者の顔がちらついていた。納期に無理を言わせた分、ヴァーモア王国に売り込んでこなければと考える。

地味にと言ったのに……アンゼリュー商会の威信をかけたような装いであった。

秘書から侍女となって付いてきてくれるマージェリーが、荷の点検を終えたのか、メグの横へとやってくる。

「お嬢様。出立の準備は整いました。あっ……もう、奥様とお呼びした方がいいですわね」

「いえ、やめてください」

マージェリーが真顔だったので、メグは本気で拒絶した。

マテウスとのいきさつを話してから、アンゼリュー商会は大騒ぎとなり、父もマージェリーも本気で大喜びして、準備がされて――――。

張り切りすぎな支度の速さだった。

マテウスは、メグが思っていたよりもずっと人気者らしい。

商館の中から、メグの父であるアルミンが足早に出てきた。

長期計画で引き継ぎをしようとしていた人材の教育が間に合わなかったので、父が代表に復帰し、留守を預かってくれることとなったのだ。

「ああ、メグ！　よく似合っているよ。最高の花嫁だ」

「お父様……」

灰色の髪を丁寧に整えた父であるアルミンは、すでに感動していた。

せっかく仕立てのいい上着をまとっているのだから、染みを作らないで欲しい。

屋敷や商館の中で見ている顔は、青空の下に出ると、少し年を取ったように見える。

いつも調子よく商談をしている茶色の瞳は、今は半泣きであった。

「アンゼリュー商会のこと、迷惑をかけてごめんなさい」

「いやいや、謝るんじゃないよ。暇すぎてダンジョンを攻めようかと思っていたところだから、ちょうどいいんだ」

「お父様、シャレにならないからやめてください。剣も魔法も使えないのに」

男の人って人生暇になるとダンジョンに行きたくなるの……？

さっぱり理解できない。

「なーに、ヴァーモア王国に支店を作ればいい。それで、皆ウハウハさ！　新妻はおねだりをするものだよ」

父はどこまでも、前向きに結婚に賛成みたいだ。

「契約ミスで結婚だって何回も説明したでしょう！　一年黒字にして、離婚して戻ってきますから、その時こそ、安心して引退してください」

「悲しいことを言うもんじゃない。マテウス殿は、英雄！　わたしの肖像画コレクションに、彼は気前よく全部サインを入れていってくれたぞ。大陸中探しても他にいない、いい男だ」

そういえば昔から、マテウスの熱烈なファンだった。

さらに、商売一筋で嫁がせることを諦めていたメグが、思いがけず結婚することになったため、大はしゃぎである。

その時、メグとアルミンの前に大きな人影が現れた。

「噂をすればほら、花婿様だよ、メグ！」

「お父様、そんなに目を輝かせないでっ」

馬車へ指示を与え終えたマテウスが、メグを迎えに来たのだ。

姿勢を正して、彼が父へ一礼する。

「このたびは、大切なお嬢様を妻とできること嬉しく思います。必ず大切にしますお義父上」

「おおっ！　うん、うん……」

見事な挨拶の所作と、着飾ったマテウスに、アルミンは感極まっている。

王家の文様がさりげなく描かれた灰黄緑《オリーブグリーン》胴衣。

風を含んで広がる黒茶色の外套《マント》は、王の風格と同時に冒険者を思わせる。

きりりとした藍色の瞳は、真剣なまなざしでアルミンを射貫《いぬ》いていた。

絶対契約の翌日――四日前に、マテウスはアルミンとアンゼリュー商会へ、大真面目に挨拶に来た。

『お義父上！　メグ殿を花嫁として迎えたい。契約に縛られるのではなく、俺が好きになって結婚したくなってしまったからだ、必ず夫として慕われるように努める』

最後はなぜか、父と友情のハグを感極まってしていた。

『アンゼリュー商会の皆々！　代表であるメグ殿を永遠に連れ出すことを詫びる。引き継ぎは行われると聞いたが、何かあればヴァーモアをあげて支援する。また、交易で魔物に困ったら俺が出るから気安く呼んでくれ』

商会の中は、決して肉体派ではない商人が一様に拳を上げ、「最強の旦那様だっ」という歓声に包まれた。

――――思い出すだけで、顔から火が出そうだ……。

メグは、すっかり打ち解けて、別れを惜しむアルミンとマテウスへ目をやった。

「マテウス殿、お達者で」

「ああ、お義父上も元気で。いつでも訪ねてきてくれ」

視線に気づいたのか、マテウスがメグへと近づく。

「さあ、旅立とう――――俺の花嫁」

「は、はい……」

手が差し出される。

おずおずと、手を乗せた。

馬車に乗せるエスコートだとわかっていても、彼のごつごつとした大きな手で指を包まれると、ドキドキしてしまう。

ぎこちなく時間をかけて、メグは準備の整った馬車へマテウスの手を借りて乗り込み、窓を開ける。

そして、くしゃくしゃになった顔の父へと手を振った。

「お父様、夜更かしはほどほどにして、あとは人に任せてきちんと寝てね。健康第一！」

「わかっているよ、メグ」

御者が馬車を操り始める。

「手紙を書くから返事は無理をしないで。でも殴り書きでいいから一言だけでもくれると嬉しい」

「うんうん、どんなことでも正直に書いておいで。わたしの大事なお姫様」

「もうっ……子供扱いしないで」

――――わたしの大事なお姫様。

小さい頃、メグが前世の記憶で混乱していた時に、よく宥めるためにかけられた言葉。

カラカラという車輪の音がして、石で舗装された道の上を進む振動がきた。

「あとっ、変な水は飲まないで。荷卸しの立ち合いは、全部終わるまで離れたところで見ていること。どんな事故につながるかわからないからっ、それからっ――――」

「大丈夫だよ。おまえのためにも、ずっと元気でいるよ。行っておいで」

「……っ、行ってきます」

景色が流れていく。

父の顔がぱっとアンゼリュー商会の正面玄関に変わり、だんだんと小さくなる。

アンゼリュー商会があるのは、シュテラファン王国でも海と島に面した東なので、辺境に位置しているヴァーモア王国へ行くには、端から端までの旅――――。

およそ一週間の道のりであった。

マテウスは、メグと父の別れに気遣いを見せるように、馬車が走りだしてからしばらくは、口数が少なく……。

半分を過ぎた頃から、よく話しかけてくれるようになった。

冒険のこと、ヴァーモア王国のこと……。

馬車の中で、彼はメグと向かい合って座り、メグは彼の許しを得てルージェリーを同席させていた。

いきなり二人きりは避けたかったので、とても助かる。

とはいえ、ルージェリーは秘書として培った力で、時々気配を消してしまうので、マテウスと二人で話し込んでしまっていたなんてこともあり……。

ヴァーモア王国まで、あと二日となった頃には、メグも自分のことを多く話すようになっていた。

「メグ、羊がいるぞ」

「はい。気持ちよさそうに、牧草を食《は》んでいます」

自国に近づいているせいか、マテウスのテンションは高い。

生き生きしている感じが、眩《まぶ》しいな……と、思う。

「降りて、触ってみるか？　もこもこだぞ！」

「また今度でいいです」

目に飛び込んでくるもので、マテウスは一生懸命にメグを楽しませようと盛り上げてくれている。

わざとではなく、そうしたいと思ってやっているのがわかるから、くすぐったい。

「身体を伸ばしたくなったら遠慮なく言え、固まりすぎるとよくない」

「はい」

コワモテなのに気遣いたっぷりな王様が、微笑ましい。

気づけば彼との談笑に花が咲いてしまい、はっと気づくの繰り返しであった。

「…………」

メグが黙って目を伏せると、マテウスも話しかけてこなくなる。

彼なりの、さっぱりとした判断も、ありがたい。

——契約がなければ、いい人なんだけど……。

贅沢を言わせてもらえるのならば、徐々にお近づきになりたかった。

マテウスが夫という事実は、まだ重い。

契約をミスした結果、結婚してしまうなんて！

二日後には、彼の国へと本当に着いてしまう。

ヴァーモア王国が建国して三年になるけれど、足を踏み入れたことはなかった。

それが、こんな形で行くことになるとは――。

本当に大変なことになってしまった……と、近づくにつれ、焦りが復活する。

しかし、それは不安だけではなく、メグは自分の気持ちに戸惑っていた。

ドキドキする心もあるのだ。

――どうしてだろう……。

誰か同じ心境の人に会って聞きたい。猛烈に。

贅沢は言わないから、結婚直前の誰かに問いたい。

この気持ちは、何ですかと……。

知らない土地に行くから？

旅行ならわかる、仕事もわかる。

けれど、嫁ぎに行くのはわけが違う！

メグが想像する花嫁というものは、気がたかぶったり、涙もろくなったり、人生で一番幸せと叫んでいるテンションなのだけれど、どれも違う。

結婚どころか恋愛経験すらなかったので、誰かこの感情を教えて欲しい。

これからに向けて、静かに沸き起こる期待。

不思議とわくわくするのは、なぜ……？

無謀でやりがいのある仕事だから？

辺境王が夫となるから？

メグはちらりとマテウスを見た。

馬車の向かいにちょっと窮屈そうに座る辺境王は、なんというか好感しか持てない肉体派である。

この人が旦那様だから、自然体でいられるのかもしれない。

契約で強制的なのに、嫌な感じはなかった。

困りはしているけれど……。

――私でいいのかな？

そんな気持ちが勝る。

「メグ、心配しなくても、ヴァーモア王国はいいところだ。人々も温かく迎えてくれる」

すぐに顔色に気づいたマテウスが、なにやら励ましてくれた。

「貴方を見ていればわかります」

酷《ひど》い扱いをされるなんて不安はないし、マテウスがかばってくれると信頼もしている。

「ついでに俺もそこそこいい夫だ。魂の熱さには自信がある！」

「えっ、も……もう笑わせないでくださいっ」

「本気だったんだがな……うむ」

隙あらば――――嘘か本当かわからない真面目な口説き文句？　が、繰り出される。

ぐるぐると悩んでいたことが、瞬間に吹き飛ぶのは、マテウスだからだろうか。

「えー、コホン」

メグの隣でルージェリーが咳払いをした。

そして、手を挙げる。

街角で辻馬車を拾うための意思表示みたいに。

「わたくし、同じ馬車にいない方がいい気がしますわ。降りまーす」

「他の馬車には花嫁支度の荷物が満載で降りられないから！　変な気を利かせないで」

ああ、またルージェリーの前で二人の世界に入ってしまっていた！

「お嬢様ったら、本気にしないでください。あまりに仲が良さそうだったから、ついからかってしまっただけですわ。長い休暇と思えばいいのです。働きづめだったのですから、今みたいに、気の抜けた感じでお過ごしくださいませ」

「そうだそうだ、お前が笑っていると俺も幸せだ。ヴァーモア王国で商会の疲れを癒《いや》すために、ごろごろと休んでくれ」

結託されてしまった。

ルージェリーは気遣いでも、マテウスの発言は問題ありだ。

「アドバイザーの仕事をしに行くんです！　わかってますか……もう」

「ははっ、さすがに今のは冗談だ。ダンジョンについては、お前の働きに期待しかない。だが、道中は別だ。もうお前一人の身体ではないからな、心も身体も俺が守る」

「一人の身体ではない…………まさか、お嬢様ったら、もう！」

ハッとしたようにルージェリーが口に手を当てて驚く。

――――そんなわけありません！

「誤解です！　マテウスも変なこと言わないでください」

「うむ……ごろごろと以外は、冗談のつもりはなかったのだが……」

天然な脳まで筋肉の王様おそるべし。

どうやって説明したものか、放置でいいのか考えていると馬車が突然、ガックンと止まった。

「何があった⁉　盗賊か」

マテウスの動きは素早かった。

手の届く場所に置いてあった剣を掴んで、今にも飛び出しそうな勢いのまま、馬車の中から外で馬を操っている御者へ鋭い声を放つ。

顔つきが凛々《りり》しく変わり、一瞬にして厳しい眼光となっていた。

「い、いえ……違います。道が倒木に塞がれているのを見て、焦って勢いをつけて止まってしまいました。土砂崩れのようです」

おろおろとした声が御者席から返ってきた。

「強い雨は降らなかったはずだが――――俺が見てくる。メグとルージェリーは馬車の中にいてくれ。安全が確保できるまで出るな」

大きな身体が敏捷に馬車から出ていく。

メグは気になってしまい、馬車の窓から外を見た。ルージェリーも窓へ張り付く。

盗賊の気配など、悪い感じはしなかったけれど、馬車でのトラブルは扉を閉めて絶対に降りないことが大事である。

馬車は、塞がれた道をやや避けるようにして曲がって止まっていたので、マテウスの後ろ姿が見えた。

彼の前に横たわる、太さが二メートルを超えそうな、メグの場所から見えるだけで七本の大木も……。

迂回《うかい》しかないかな————と、思う。

倒木を前に思案しているのであろう、彼の背中をなぜだか、見守っていたい感じだ。

笑いあっていたのから一変した、英雄の姿。

「マテウス様って、本当に冒険者なんだね。急にすごく頼もしくなったような……」

「お嬢様。それは殿方が剣を持ったら五割増しの法則ですわ」

そんなに増したら、元の値がおかしくなる……。

ややあって、マテウスが馬車へと戻ってきて、剣を置き上着を脱いでバサッと座席へ放り投げた。

「厄介な倒木だ。だが、俺の結婚を邪魔する障害は取り除く。土砂崩れも、相手が悪かったようだな」

「えっ、は、はい……？」

きりきりと戻っていくマテウスを、今度は窓を開けてルージェリーと二人で眺める。

「ルージェリー、マテウス様は何をするつもりだと思う？」

「近くに村があって人でも呼びに行くのですかね……ああ、でも道が塞がれているから、村が反対側なら無理ですわ」

話しているうちに、マテウスは倒木の一本へと手をかけた。

そして――――。

「うおおおおおっ！」

掛け声と共に、彼が自らの身体の十倍は長い倒木を持ち上げる。

上着を脱いだ肩の筋肉は、ムキムキと盛り上がっていた。

「ええええっ！」

「ふえっ……？」

叫んだメグの横で、ルージェリーの目は点になっている。気持ちはわかる。

「ふんんんっ――――！」

マテウスが叫び、倒木を道脇へと放り投げる。

ズドーン、ズドーンと十回ほどの地響きが起こり、すべての障害が取り除かれた。

「道が開けました、馬車が通れます」

御者席から嬉しそうな声がする。

地響きに近くに住む人が何人か集まってきた。

「あれー、誰かどけてくれたんで……？　これでヴァーモアに住む親戚に会いに行けるよ」

「おっ！　あれは英雄マテウス殿ではないか！」

「本当だ。マテウス様だっ」

マテウスは、どかした倒木を、今度は体当たりや手刀で力を込めて折った。

べきっ、ばきっと、破壊作業が続く。

やがて倒木は、一塊が十キロほどの、持ち運びしやすい大きさになった。

「近くの者で、分けあって使ってくれ」

乾かせば薪になるサイズにしてから、お礼を言おうと集まる人々を、マテウスは丁重に断っている。

そして、メグが乗る馬車を振り返って――。

「メグ、この山道を越えればヴァーモアまでの道のりはあとわずかだ、行こう！」

生き生きとしたマテウスの顔は眩しかった。


シュテラファン王国の端っこからヴァーモア王国を目指して出発し、ちょうど一週間。

人気のある辺境王一行ということで、どの街でも、宿でも、とても手厚く迎えられ、メグは旅を心から楽しむことができた。

商売で各地を飛び回ることはあっても、こうして何もする必要がない旅は初めて。

のんびりと自然や街並みを見たり、その土地の食事を美味《おい》しいと感じたり、温かく迎えてくれる人々に感謝したり。

今までの仕事での旅では、だいぶ損をしていたのだと気づいた。

――この街、人口が少ないわりには活気がある。投資した方がいいかも。

こうした旅は何も心だけを癒してくれるものではなく、仕事にも役立つ。

実際に訪れなければ、数字や書類だけではわからないことがある。

たとえば、街の賑わいや雰囲気。

たとえば、その土地の特産品の味や品質。

ついつい仕事につなげようとするのには自分のことながら苦笑いしてしまうけれど、性格なのだから仕方がない。

けれど、契約書と資料ばかりに目を向けていた時とは違う、新しい視点を与えてくれた。

仕事の先行きに閉塞感があったのは、ただ視界が狭かっただけだと気づかされる。

――あっ、建物の感じが変わった？

屋根の色が青や黄色から赤褐色や煉瓦色になったことに気づいたメグは、向かいに座るマテウスに尋ねた。

「この辺りからがヴァーモア王国ですか？」

「そうだ。今言おうと思っていたところだ。さすがだな」

彼が感心したように頷く。

この世界の国境線というのは、かなり曖昧なところがある。

適切な川があればその両岸で国を分けるのが一般的だけれど、平地が続く場合、その国に属する国境線付近の村の周辺からが何となく領土内と認識された。

そもそも川はわずかに流れを変えたりすることは多々あるわけで、干上がったり、それこそ埋めてしまった場合はどうなるかなど、適当だ。

「参考までに教えてくれ。どうして、ここがすでにヴァーモア王国だとわかった？」

「建物の見た目、特に屋根の色です。国ごとに特色が出るので」

マテウスの問いに、メグは馬車の外に目を向けて答えた。

ぽつぽつと農業や酪農を仕事とする人達の民家が見え、さらに先には村らしきものが見える。

商業中心のシュテラファン王国では、商人達が競って大きく目立つ建物を造るので派手な街並みになる。

一方、まだ建国したばかりでもともとあった村々が点在するヴァーモア王国の建物は、煉瓦色や木材の茶褐色など自然の色合いが強い。

これがさらに先のカザラ王国となれば、力を象徴するような大きく、赤や黒色の建物が多くなる。

国が違えば、景色も大きく違うのだとメグ自身も改めて実感していた。

「俺の国は地味だからな」

マテウスの声は残念そうなニュアンスを含んでいた。

「違いますよ、マテウス様。地味ではなく、今のヴァーモア王国は温かみがあって、ゆったりとしているのです。私は好きですよ」

「本当か！　ならいい。お前が気に入ってくれているならそれでいい」

フォローしようとしたのだけれど、思いの外、マテウスが反応してしまった。

今度は嬉しそうに満面の笑みになる。

——本当、無邪気で、少年みたいな人。

仕事で、各国の王族と会う機会は何度かあったけれど、彼はその誰とも違っていた。

その言葉に裏表はなく、感情豊かで本当の気持ちを隠すことなどまったくないので、一緒にいて楽だし、気づくと胸が弾んでいる。

子供達に人気があるのも頷けた。

倒木を一人で退けてしまうほど強くて、人を引きつける魅力がある。

こういう王の器もあるのかもしれない。国の先行きはこれから次第なわけだけれど。

不安もあるけれど、やはりメグの胸の中にはわくわくとした気持ちの方が大きかった。

「……あれはなんでしょう？」

馬車が進む道は、大きく右に曲がっている。その先に大勢の人が集まっているのに気づいた。

「この先の道で立ち往生でしょうか？　けれど……それにしては、人が多すぎますし、道の左右に馬車から下ろした荷物が置かれていませんね。違う類いのもめ事でしょうか？」

ルージェリーも気になったのか、メグの言葉に続いて冷静に分析してくれた。

荷馬車の車輪が地面の穴や石に嵌《は》まって動けなくなったのかと思ったのだけれど、どうやら違うみたい。

――だったら、何が……？

二人の疑問はマテウスによってすぐ解決された。

「いや、あれは皆、メグの出迎えに集まったヴァーモアの人々だ。すぐ結婚式をすると先に知らせておいたからな」

人が集まるところまで来ると馬車は速度を落とした。

彼らは一様に馬車の方を見て、「おめでとう」や「国王万歳」「ヴァーモア万歳」と声を上げている。

雰囲気に押されて、メグは控えめに手を振り返す。

――今、何かさらっと重要な言葉が彼から出たような。

「……結婚式⁉　誰のです？」

「決まっているだろう、国王である俺と愛するメグ、お前との結婚式だ」

マテウスの言葉に、人々に向けていた笑顔が崩れそうになる。

「んっ？　言っていなかったか？」

「ええっ、聞いていません！」

結婚式は契約の一部みたいなものだからしないかも、するにしても落ち着いてから準備をして、ぐらいに漠然と考えていたのだけれど……甘かった。

国王が結婚するのだから、国を挙げた式になるのは当然といえば、当然なのだけれど。

「すまなかった。つい嬉しくて、国に早馬と伝書鳩、考えられるあらゆる手段で、すぐに結婚式をすると伝えてしまった」

そんなに結婚することが嬉しかったのだろうか……。

――初めて会ったのに。

くすぐったくて、頬が熱くなるけれど……今の重要議題はそこではない！

「その……いつなんですか？」

「明後日《あさって》だ。すでに準備に取りかかっている。明日の方がよかったか？」

さすがにメグも頭を抱えそうになり、額に手を置いた。

国に到着した途端に国を挙げての結婚式なんて聞いてないし、想定もしていない。

心の準備とか、心の準備とか、ドレスの準備とか、色々あるのに。

「さすがに急ぎすぎです。ねぇ、ルージェリー？」

同意を求めようとしたのだけれど……。

「大丈夫です、お嬢様。こんなこともあろうかと、負けないように商会の威信にかけて最高の花嫁の衣装を用意してまいりましたわ」

「張り合うところではないです！」

胸を張って答えたルージェリーにつっこむ。

どうやら優秀な秘書兼侍女は、メグと違ってそこまで想定していらしい。さすが秘書、素敵、といつもなら言うところだけれど、今回ばかりはそんな気にならない。

もちろん、自分の想定外まで先回りしてくれたことには感謝しかないのだけれど。

「結婚式、少し遅らせるか？」

「いえ、大丈夫です。早く済ませられるなら、済ませた方がいいと思うので」

――もう、絶対契約から逃れられない以上、腹をくくるしかない。

いきなり現れた王の婚約者と、国を挙げて祝福された王妃では、仕事の進めやすさが違う。

こんな時でも仕事のことがよぎる自分が恨めしいけれど、事実だから仕方ない。

ドレスやその他のメグに関するものはルージェリーが完璧に準備してあるはずだし、式自体はきっとマテウスの優秀な部下が急いで手配してくれているだろう。

障害は自分の心の準備だけ。

だったら、頷くしかない。

「そうか、よかった」

心配そうにメグの顔をのぞき込んでいたマテウスがほっとしたように声をもらす。

「けれど、二人に関する重要なことは次から必ず先に言ってください。報連相……報告、連絡、相談は基礎中の基礎です！」

「約束しよう」

真面目な顔になって返事してくれたので、その話題はここまでにして、メグは再び出迎えてくれた人達に手を振って応《こた》えた。

「それにしても、すごい人ですね」

一部の熱狂的な国王ファンだけかと思ったけれど、そんなことはない。民家が見えてくるたびに、そこの住民らしき人達が道の左右で出迎え、祝福の言葉をくれた。

マテウス国王の人気は、国内ではさらに高いみたい。

少し心配していた、いきなり現れた国王の婚約者に対する懐疑的な視線もまったくない。

農民も職人も、女性も子供も、皆がよい笑顔をしていて、国王が幸せになることを疑っていない様子だった。

こんな国は珍しい。普通ならどんなことにもやっかみや批判的な人がいるもの。

新しい国だからということだろうか？

「皆に俺の喜びが伝わったのだな。こんなに嬉しいことはない」

当の本人はというと、涙を流さんばかりに喜んでいた。

民を愛しているというのが、まだ付き合いの浅いメグでもわかる。この国王だから、ここまで熱狂的に国民が結婚式を喜んでくれているのかもしれない。

「よし、ここからは俺だけでも歩いていこう。馬車の中からでは皆の声がすべて聞き取れないし、喜びを分かち合えない。メグも来るか」

「ええ……えっ⁉　ここから徒歩で⁉　城は近いのですか？」

彼の勢いに負けて、つい頷いてしまう。

すると彼は馬車が進みを止めるのも待たず、扉を開けて外へ飛び出した。

「マテウス様⁉」

慌ててメグも馬車が停車してから彼のあとに続く。

「久しぶりだな、ロブ。怪我した足はまだ痛むか？　痛むなら鍛えて鍛えて鍛えまくって、筋肉痛で誤魔化すのが一番だ。おぉ、アイダ！　お腹《なか》大きくなったな。生まれるのが楽しみだ。愛する民を一人増やしてくれて感謝する」

外に出ると、さっそく彼が村人達と肩をたたき合っていた。

その姿は国王と民ではなく、久しぶりに返ってきた冒険者の男と住民達といった様子。

若干、的外れなことばかり言っているけれど……だいぶ、かな……。

「皆に慕われているのですね」

すぐに村人達に囲まれるマテウスを少し遠くから見ていると、ルージェリーが隣に立って感想を口にした。

その点に関しては異論を挟む余地がない。

「誰とでも仲がよくて、親しみが湧く人みたい。国王としての権威はないけれど……」

「親しみがなく、民のことなどまるで頭にない王族よりはよいかと思います」

メグはルージェリーの言葉に頷いた。

彼の統治する国がどうなるのか、見たいと素直に思えるから。

今までの国とは違う気がする。そして、その助けを自分ができる。

――――やりがいがある仕事に出会えたかも。

前世とあまり変らないと思っていた日常が、大きく動きだしていて。

胸がわくわくしている。

「けれど、この調子だと城にいつ着くことやら。本当にここからずっと歩いていくつもりなのかしら?」

マテウスはその辺りのことを考えてなさそう。

「大丈夫かと思います。城までそう遠くはないように思います」

ルージェリーが振り返り、遠くを見る。

その視線の先を追うと、城らしき大きな建物を見つけた。

さすがに民家の屋根のような自然の色ではなく、目立つように瑠璃色をしている。

どうやら、村だと思っていたこの辺りはすでに王都みたい。メグがいたシュテラファン王国のように、城壁に囲まれ、建物で埋め尽くされた王都ではないらしい。

建国したばかりのヴァーモア王国の王都は、城を中心に側近達の館が建っているだけの状態でまだまだ発展の余地が多いようだ。

「わたくし、こんなこともあろうかと、お嬢様が履き慣れたブーツをお持ちしました」

「あ、ありがとう」

ルージェリーが馬車からブーツを取り出す。

商談で出歩くことは多々あるので、王族や貴族の令嬢に比べれば、確かに歩く自信はあるのだけれど。

「悪い、つい民と話し込んだ」

ルージェリーに手伝ってもらいブーツを履いていると、王とは思えない言い訳をしながら、マテウスがメグ達のところへ歩いてきた。

「別に構いませんけれど、そろそろ先を急いだ方が。やはり馬車で――」

「しまった！　先ほどの人々にお前を紹介するのを忘れた！」

やんわり馬車に戻ることを勧めようとしたけれど、メグの言葉はマテウスの大きな声に遮られてしまった。

「また今度にしましょう。結婚式まで日もないので城に急いだ方がいいかと。できれば馬車に乗って」

「そうか？　いや、しかし……」

先を促すもマテウスはやはり民と幸せを分かち合いたいらしい。

「俺だけ歩こう。早足で歩く。馬車はそれに合わせてゆっくり来てくれ」

「……わかりました」

彼の早足ならきっとその辺の動物より速いはず。

立ち止まったら、その都度下りてメグも顔を見せればよい。その辺りが妥協点だと頷いたけれど、ぱっとマテウスが待てと広げた手のひらを突きだした。

「やはり駄目だ。俺はお前と一緒にいたい。お前と一緒にいるところを皆に見てもらいたい。ただ、この距離を歩かせるわけにはいかない……肩に乗るか？」

「結構です！　どうしてそんな結論になるのですか」

呆れながら言うと、ルージェリーが続ける。

「肩に乗せるなんていけませんわ、マテウス様。こういう場合はお姫様抱っこですわ」

「ルージェリー⁉」

てっきり馬車に戻ることを後押ししてくれると思ったのに、ルージェリーはさらに困った知識をマテウスに与えてしまった。

「なるほど！　お姫様抱っこか、助言に感謝する」

「だめです。ルージェリーも変なこと教えない。普通に一緒に歩きますから！」

さっそく、マテウスに抱えられそうになったのを寸前でかわした。

もう妥協案も駄目そうなので、全面的に折れるしかない。

「うむ……？　俺は一日中でもお姫様抱っこで構わないが……」

「いいから……進んでください！」

名残惜《なごり》しそうなマテウスは、促されてやっと歩きだしてくれた。

毎回これだと彼の側近達は苦労しそう。いや、絶対にしている。

その少し後ろをメグとルージェリーがついていく。

「空気が美味しいですね。いい景色です」

隣を歩くルージェリーの言葉にメグも頷いた。

――この辺りはなんだか、おばあちゃん家《ち》って感じがするなぁ。

前世でいえば、田舎といった様子。

もちろん、森の色や畑の感じ、ぽつぽつ見える民家など、見た目はまったく違うのだけれど、雰囲気はとても近いものがある。

ゆったりと時間が流れていて、道や畑などの人の手が入っている部分と、森や山などの人の手が入っていない部分が調和している。

美しい景色、ではなく、落ち着く風景。

十分ほど歩くと、今度は民家が密集している場所に出て、祝福される。

王様が一人歩きしていても誰も驚かないのがすごい。

人々から「おめでとうー！」や「王様と花嫁様だ、わーい！」などと声をかけられ、笑顔で応じていると、一人の少女がとことこ近づいてくる。

「王妃様、お花をどうぞ」

少女がメグに一輪の山百合を手渡してきた。

「正式にはまだ王妃ではないのだけれど……ありがとう」

にっこりと微笑んで受け取ると、少女ははにかみながらお母さんのもとに走って戻っていく。

「今日取れた果実です。よかったら、食べてください！」

今度は若い女性がメグに果物を手渡しくれる。

――えっ？　これって、夕日桃⁉

受け取った桃を見て、驚いた。

黄金色の桃が貴族にはよく好まれるけれど、この夕日桃は別格。

熟したものは綺麗な朱色をしていて、とても甘くて、瑞々《みずみず》しい品種で、価格も高い。地域によっては幻の夕日桃などと呼ばれているほど。

こんな高級品をどこで？

尋ねようとしたけれど、それを皮切りに人々から贈り物が次々メグに差し出されて、それどころではなかった。

「花嫁様に祝福をー！」

「今日一番のできですのでぜひ」

「よかったらもらってくださいませ」

あっという間にメグの腕の中が貰い物でいっぱいになる。ルージェリーに渡して、付き従う馬車に運んでもらうのも間に合わないほど。

「お目にかかれて光栄だのう、メグ様。気に入っていただければ、これでショールでもこしらえてくださいいな」

一人の職人らしき初老の男性が頭を下げ、メグに布を差し出した。

「ありがとうございます。そんなに畏《かしこ》まらなくていいのですよ」

受け取ると、先ほどの桃よりも驚いた。

贈られた布は、手触りがとてもよい。よく観察すると、普通ではありえないほどに目が細かく、透けるほど薄くて、上品で美しい色合いをしている。

――もしかして……これ……月虹織《げっこうおり》!?

あらかじめ鮮やかな色に染めたとても細い糸を複雑に織り込むため、作れる職人はこの世界に十人もいないと聞く。

しかも、ハンカチ程度の大きさを織るにも一日以上かかるらしい。メグの手の中にあるのは、首に巻けるほどの長さ。

「こんなに貴重なものを……大切にします」

さすがに断ろうかと思ったけれど、逆に失礼だと思い受け取ることにした。

「いいだよ。これぐらいなら一日徹夜すればできるんじゃやからな」

月虹織でこの長さを一日で作れるなんて……!?

前世なら間違いなく人間国宝級。どうしてこんなすごい職人が辺境のこの国に?

「お爺さん、失礼ですが――」

ここにいる理由や卸している店を尋ねようとしたけれど、突然マテウスに腕を引っ張られた。

「メグ、先を急ぐぞ」

「……マテウス様? どうしたの?」

先ほどまでは自分が人々と話し込んでいたのに、マテウスが急かし始める。

困惑するも、先ほどの月虹織の老人がその様子にカッカカッカと笑った。

「マテウス殿、焦らんでも、花嫁を取ったりせんよ」

「へっ?」

すぐには意味がわからなかったけれど、どうやら嫉妬《しっと》したということらしい。

――――やきもち……という、こと?

初めてなので冷静に分析するも、次第に恥ずかしくなってくる。

嫉妬するってことは、マテウスがメグを独占したいと思っているわけで。

「わかったものか。気をつけろ、メグ。この爺さん、こう見えても若い頃は女殺しと呼ばれたほどの優男だったんだ」

「失敬な。若い頃だけでなく今でもモテモテじゃよ、ホッホッホ」

どうやらこの国宝級の織手《おりて》のお爺さんをマテウスは詳しく知っているらしい。

マテウスがさらに警戒して、メグを背に隠す。

「だから、さすがに国王の花嫁に手を出すつもりはないから安心せい。お前さんには感謝しておるからな。こんなに水が澄んで、食物が美味しい、暮らしやすい土地を教えてくれたのだからな」

建国に先立って、辺境王はその広い人脈を使って、自らヴァーモア王国のよさを説いて回り、優秀な人材を集めたって噂で聞いたことがあったけれど、どうやら本当のことだったらしい。

織物には澄んだ水が重要になるはずだから、ヴァーモア王国の自然がそれだけ恵まれている証拠のようだ。

国の経営までは考えていなかったけれど、思ったよりマテウスはやり手なのかもしれない。

計算高いというよりは、かなり天然っぽいけれど。

「それはこっちもだ。爺さんの織物のおかげで儲けさせられてもらってるぜ。長生きしろよ」

「当然じゃ！　死んだら色々楽しいことができんからのぉ」

マテウスとお爺さんが、まるで古い仲間みたいに拳を合わせる。

似た者同士という感じだろうか。男同士の挨拶を見守っていると、入れ替わるように、今度はマテウスのところへ近くに住んでいるのだろう少年達が駆け寄ってくる。

「マテウス様ー！」

「おぉ、久しぶりだな、ダン、ドグ、フェイ……それにデーガ、デーガじゃないか！　帰ってたのか。どうだった、初の冒険は？」

少年達全員とも顔なじみなのか、マテウスがすらすらと彼らの名前を口にする。

「も、もちろん大活躍だったよ！」

「嘘つけ、こいつ先輩冒険者の荷物持ちだったらしいぜ」

「うるさい！」

デーガと呼ばれた少年が他の者に茶化されてすねてしまう。その頭をマテウスが大きな手でぐりぐりと強めに撫《な》でた。

「な、なんだよ。マテウス様、やめろよ」

「荷物持ちだって立派な冒険者の仕事だ、胸を張れ。荷物が多いと戦い辛くなる。それより、しっかりと先輩達の戦い方を見たんだろうな？」

「うん、マテウス様に言われたように、一つも見逃さないように見てた」

マテウスの言葉にデーガが真剣な顔で頷く。

「だったらお前は成長したな。初めは先輩から動きを教われ。戦うことになった時、そいつが生きる」

「うん！」

今度は嬉しそうにデーガが大きく頷く。

「マテウス様、マテウス様、聞いてよ。俺んちなんて――」

その後も、親の夫婦げんかが多すぎるやら、羊飼いの仕事が暇すぎるやら、少年達は次から次へとマテウスに自分達のことを話す。

驚いたことにマテウスは彼らの名前だけでなく、家の事情まですべてを記憶しているようで、だったらこうしろと助言。そんな王様ありえない。

「……まさか全国民の名前と家の事情を知っているわけないよね」

「建国したばかりで少ないとはいえ、元いた住人も含めるとヴァーモア王国の推定人口は五万人ほどですので、さすがにないとは思いますが」

メグの呟《つぶや》きに、ルージェリーが事前に調べてあった資料を元に答える。

「そうよね。城周辺の人のことはだいたい知っているみたいだけど……」

そんなことを言っている間にも、新たな住民がマテウスのもとに来て挨拶をしていく。

結局、城に着く頃には夜になっていた。


その日は、城に着くと旅の疲れもあって夕食を取るとすぐに眠ってしまい……翌日、目覚めてからは準備に追われ、夕方になってやっとメグは一息つくことができた。

メグの私室として宛《あ》てがわれた部屋のバルコニーへと続く大きな窓からは、たっぷりの夕日がレースのカーテンを通り抜け、床と窓とをオレンジ色に染めていく。

この城は前にいた領主の建物をマテウスの部下達が改装したものらしい。そのためか、ところどころ豪華な造りをしている。

この部屋も、用途に合わせて寝室、居間、衣装室兼化粧室と三つの部屋が続き部屋となっていて、天井がとても高いし、大きなバルコニーまでついている。少しもったいない。

それでも城の他の場所、たとえば大広間や玄関ホールとは違って、装飾は少なめで落ち着いた雰囲気になっていた。

床は菱形の石のタイルが綺麗《きれい》に敷き詰められ、壁は白、家具は全体的に亜麻色と枠部分に艶のある象牙が使われていて、控えめで上品な部屋。

居間には三人掛けのソファと大理石のテーブルが置かれていて、メグはそこに座り、夕日に照らされた外の風景に癒されていた。

山と森と平原と真っ赤に染まる空、民家はぽつぽつとしか見えない。

――田舎、スローライフ……癒されるなぁ。

シュテラファン王国で商家の娘として生まれ、常に忙しい商売の世界に身を置いてきたメグとしては、結婚式の準備に追われたとはいえ、こうしてゆっくりできるのは稀《まれ》だった。

アンゼリュー商会にいた頃は、特に代表を引き継いでからは、常に仕事のことを考え、四六時中、走り続けていたように思う。

快適な旅もそうだったけれど、不思議なことに休息を取っている気分。

これも仕事のはずなのに……。

「お疲れ様です、お嬢様」

頭の中を空にして、風景を眺めていると、いつの間にか戻ってきたルージェリーが銀のトレイに紅茶を運んできてくれた。

お茶菓子は、焼き菓子でサブレ、マカロン、四角いパウンドケーキが二切れずつ。

頭を使う仕事に糖分補給は欠かせない。紅茶と甘いお菓子は、商売柄、色々なものを手に入れることができ、メグの楽しみの一つだった。

食べすぎないようには注意しなくてはいけないけれど。

「どうにか準備が間に合いましたね」

「ルージェリーがいてくれたからよ。お疲れ様、あなたも座って、少し休んで」

向かいの肘掛けのない一人掛けのソファをルージェリーに勧める。

「はい。こちらの側近の方も商会にスカウトしたいぐらい優秀でしたわ」

世辞ではないようで、ルージェリーもいつもよりは疲れを感じていない様子だった。

マテウスは一見、領地経営や城の主人としては向いていないように思えるけれど、実際には違うのかも。人望があるので、自然と優秀な人材が集まり、周りが放っておけなくなって勝手に動いてくれて、上手くいくタイプかもしれない。

「わっ、美味しい、これ」

無意識に口へと運んだバターケーキの味に、メグは思わず声を上げた。

ほどよくしっとりとした食感で、口に入れると雑味のない砂糖の甘みが広がる。

ラム酒と細かく刻んで砂糖漬けにしたレモンピールが入って、食感と香りとほどよい苦みの後味を与えている。

複雑ながら調和の取れた味になっていて、小さな焼き菓子だけれど、きちんと考え、丁寧に作られた料理。

「ここのパティシエはとっても腕がいいみたいです。他のものも絶品ですわ」

メグに勧められ、マカロンを口に運んだルージェリーも同意見らしい。

「本当！　美味しい、すごいすごい」

残りの菓子も食べてみるも、やはりどちらも今まで食べた中で一番美味しい。甘いマカロンに、素朴でさくっとした食感のサブレ、バランスも考えられているみたい。

紅茶の方もよい水を使っているのか、味と香りが主張しすぎず、すっきりとしていてよい。

作った者の腕もそうだけれど、砂糖や小麦といった素材も質がよさそう。

やはり、ヴァーモア王国の自然の豊かさは本物のようだ。

「これ、売れます。絶対売れます！　シュテラファンに運んだら一儲けできるかも」

思わず、二人ともテンションが上がってしまう。

「同感です。ただ、数を作れるかはわかりませんわ」

「確かにそうかも……」

菓子作りがただでさえ繊細なのは、メグも知っている。

しかもこれだけ味のよいものとなると、慎重に作っているに違いない。一日に何百個とか作れるとは思えない。

「だったら……私達だけの楽しみということにしましょう」

下手に広めると、自分達の分を確保することができなくなるかもしれない。

「ええ、お嬢様にはそのぐらいの特権があるべきですわ」

悪巧みみたいに微笑みあうと、証拠を消すかのように残った菓子を分けあう。

「ひゃっ！」

するとタイミングぴったりに部屋の扉がノックされ、思わずメグは腰を浮かせた。

「はい！　どなたでしょうか？」

少しうわずった声で扉の向こうへ尋ねる。

やましいことはないのに、つい胸が高鳴ってしまう。

「俺だ。マテウスだ。今いいか？　大事なことを忘れていた」

「ええっ！　準備に何か手落ちかなにかが？」

彼にしては深刻な声で、ルージェリーと二人して慌てる。

「わたくしとしたことがお嬢様の大事な時に……ドレスの調節の針は抜きましたし、靴もベールも手袋も染みもほつれもないことを確認しましたし……教会の下見も、段取りの再確認も、神官へのご挨拶も、刺客が潜んでいそうな場所や襲撃予想地点の割り出しと対処も、すべてを完璧までに済ませたはずですのに」

ルージェリーにしては、珍しくおろおろと取り乱している。

メグ一人なら今回の契約のようにごく稀にポカをすることはあっても、優秀な彼女がいれば、それを補完してくれて、完璧……だったはずなのに。

――というかルージェリー、刺客の想定までしてたの⁉

「と、とりあえず、どうぞ」

先に冷静さを取り戻したメグがマテウスに声をかける。

「失礼する」

部屋に入ってきた彼はやはり思い詰めたような顔をしていた。

結婚式に何か重大な問題が発生したに違いない。

立ち上がって迎えると、ルージェリーを隣に移動させて、彼に向かいの椅子を勧めた。

「…………」

しかし、彼は手を組んで視線をやや下に向けたまま、なかなか話を切り出さない。

「それで……大事なこととはなんでしょうか？」

「プロポーズだ！」

沈黙に耐えきれずにメグが尋ねると、顔を上げて告げた。

「ぷろぽーず？　そんなことが式の進行に……っ！」

言い終わる前に気づいてしまった。

マテウスはメグへのプロポーズがまだだと思い出したから、深刻な顔をしながら、メグの部屋を訪れたのだ。

「そうだ、俺はお前にプロポーズをしていない。ついさっき気づいた。すまない」

「いえ……結婚は契約でなってしまったことですし。それに契約の時に言われたのがプロポーズといえば、プロポーズですし」

明日の式に関する問題ではなくてよかったと胸を撫で下ろす反面、今からプロポーズされるとわかり、緊張してしまう。

――ルージェリー、いつの間にかいなくなってるし。

さすが優秀な付き人である、式自体は問題ないとわかると存在を完全に消して、部屋からいなくなっていた。

「こういうことはきちんとしなければ」

マテウスに力強く言われては、頷くしかなかった。

胸の鼓動が速く、大きくなる中、黙って彼の次の言葉を待つ。

「結果としてだが、お前の能力の絶対契約を利用する形で結婚となってしまった」

決意したように彼の藍色の瞳が輝き、じっとメグを捉える。

「だが、メグと向き合い、一年……いや、十年添い遂げるうちに、必ずお前を振り向かせる」

マテウスの本気が、言葉と視線からひしひしと伝わってきた。

仕事柄、何百という人と対面し、契約を交わした経験から、その人がどういう意図で、気持ちで、その言葉を口にしているのか、目や口調などで、メグには何となくわかってしまう。

黄金の契約を使えば騙すことは基本的にできないけれど、事前に回避することは重要だし、本人が乗り気でない契約は上手くいかないので結ぶべきではない。

今のマテウスは、たとえ単なる約束だとしても絶対に守る真剣な瞳をしている。

そして、その気持ちが真っ直ぐにメグに向いているのは明白だった。

トクントクンと胸がさらに高鳴り、頬が上気してしまう。

「王妃という身分が重かったら、いつだって俺が軽くしてやる！　だから、そばにいて欲しい」

真剣に言葉を選びながら、メグへと伝えるその真摯《しんし》な様子に惹かれていく。

「お前と結婚することが主で、共にベグロカ経営へ向き合えることは従だ。もちろん、待ち遠しいし、心躍るが」

――それは私も同じ。ここへ来るまでもわくわくして……。

「だから、結婚して欲しい。少しでも結婚してよいという気持ちがあるならば、それで俺は構わない。この手を取って欲しい。俺を伴侶《はんりょ》にして欲しい」

さっとソファから腰を上げると、マテウスはメグの前に恭しく跪《ひざまず》いた。

――少しだなんて……そんなことない。ここ数日だけで貴方に惹かれて……。

こんなに純粋で真剣な気持ちをぶつけられては、惹かれ始めている自分の心に嘘をつくことなんて到底できない
「こちらこそ、お願いします。ベグロカの方も一緒に」

だから、彼が差し出した手にメグはそっと自分の指を添えた。

「本当か？　本当だな！　よし！　もう取り消せないぞ！」

頷いたメグの指にマテウスがキスをする。

――商談は得意のはずなのに、私ってこんなに押しに弱かったの？

心の中で呟きながらも、大きな拳を握りしめてガッツポーズをするマテウスの様子を見ていると、そんなに喜んでくれるならよかったと思ってしまった。


翌日、会場となった新設されたばかりの教会には国王の結婚式ということで、多くの国賓、

重鎮、そして外には国民が祝福に訪れていた。

「ルージェリー、変なところはない？　本当にない？」

「大丈夫です。ご安心ください、完璧な花嫁姿です」

控え室となっている教会の一室で、このやりとりを十回以上繰り返しているけれど、忠実な秘書であるルージェリーは文句を言わずに毎回言葉を変えて、答えてくれていた。

鏡の中には、未だに本当に自分かと疑いたくなる、豪華な純白のドレスに身を包んだ花嫁が映っている。

ルージェリーが商会の力を使って用意した最高級のドレスは、ひんやりとしたシルクを組み合わせたもので、ウエストラインには水色の大きなリボン。

胸元は真珠で、下に行くにつれてその粒の色が白から水色へと、まるで泉に入って色づいていくように変わっていた。

ベールは透けるレースで、その縁もまた水色に染められている。

二連の銀の首飾りには、マテウスの瞳と同じ藍色のサファイヤが煌《きら》めいていた。

透き通るような白さの中に、宝飾品が輝き、普段の自分とは別人のように引き立てている。

しかし、そんな完璧な衣装でもメグの不安は尽きなかった。

金貨が何百枚も動くような、重要な契約の時でも感じなかったのに、間違いないか、間違えてしまわないか、心配で仕方ない。

結婚式の手順を頭の中で繰り返し、鏡で自分の姿を細部まで再度確認する。見えないところは何度でもルージェリーに確認してもらう。

値札がつきっぱなし、レベルのことがないとは限らない。ドレスはフルオーダーメイドなので、絶対にありえないけれど。

彼との契約のように、ふとした時にミスをすることを自覚しているだけに、確認を繰り返さずにいられなかった。

しかし、それも式が始まるまでで――――。

「メグ！　準備はできたか？」

「は、はい！」

控え室の扉が叩かれ、マテウスの大きな声が聞こえてきた。

びくっと身体を震わせて、答える。

「入るぞ……おぉ！」

見るなり、マテウスは目を大きく見開いた。

「いいな、美しい。これはいい。さすがアンゼリュー商会だ。よい仕事をした」

緊張で何も言えずにいるメグに代わって、ルージェリーが頭を下げる。

彼もあたふたしているかもと思ったけれど、やはりそこは王になる男。緊張するような場面には強いのか、いつものままだった。

――――ううん、いつもと違って……凛々しい。

マテウスは艶やかな黒の婚礼衣装を身に着けていた。

建国したばかりの王家の紋章が入った外套《マント》を留めているのは、メグが能力を出している際の瞳と同じ金の花であった。

商売人らしく、目ざとく気づいてしまった。互いの色を身につけているのは、恥ずかしくて照れてしまう。

今までは上質だけれど装飾の少ないものを身につけている印象だったけれど、今日に限っては着飾り、国王としての威厳を放っていた。

もともと、人を引きつける魅力があり、冒険者らしい逞しい身体をしているので、それらが一層引き立っている気がする。

「マテウス様も……素敵な姿です」

「ありがとう。ただ、そのマテウス様はもうやめてもらうぞ。夫婦になるのだから、様ではなく、マテウスと呼んで欲しい。俺はもうメグと呼んでいるしな」

彼の言うことはもっともで、メグは頷いた。

――――マテウス……。

国王だからということではなく、改めて呼び方を変えるのは気恥ずかしい。

「一日中でもお前の姿を見ていたい。見たいが……そういうわけにいかないな。すぐに行かなければいけない」

すでに式は、二人が登場することで始まるよう準備ができているようだった。

マテウスがすっと手を出してくる。

「はい……」

メグは自然に彼の手に自分の指を添えた。すると、しっかり握りしめられ、彼の体温がじんわりと伝わってきて……緊張していた気持ちがほどけていく。

マテウスはメグが転ばないよう、ゆっくりと歩きだしてくれた。


もともとヴァーモア王国には教会がなく、結婚式といえば、自分達の家や村長などの大きな家を借りて行っていた。

そこでマテウスは、結婚する者が喜ぶような神聖な式を挙げられるようにと、シュテラファン王国の助けも借りて、豪華絢爛《けんらん》な教会を建てた。

それが、このヴァーモア教会。

入り口には人の背の三倍以上の大きな鉄の扉があり、その上には太陽を象《かたど》った見事なステンドグラスが嵌め込まれている。

数百人が入れるような広い身廊に、丸く蕾《つぼみ》のようになっている高い天井。壁や柱は美しい艶のある飴《あめ》色をしていて、びっしりと蔦模様とモザイク模様が彫られていた。

祭壇部分には、講壇の後ろに巨大なパイプオルガンが置かれていて、天使を象った装飾がなされている。

これほど巨大な教会を造ったのは、今回のように大きな結婚式ができるようにするためと、戦いの際には女性や子供を匿《かくま》うという現実的な理由もあってのことらしい。

教会内はただでさえ、名所と呼べるほどの見事な装飾がびっしりとなされているのに、今日はそこへ花々がちりばめられ、神聖でいて、祝福ムードを作り出している。

そんな教会の中央を輝く婚礼衣装を身にまとったメグとマテウスはゆっくり、中央奥に向かって歩きだした。

会場内がさっと静かになり、パイプオルガンがその重く、響くような音色を響かせる。

左右に座る参列者達が一斉に立ち上がり、二人の様子を見守った。

「これより、ヴァーモア王国初代国王マテウスと、メグ・アンゼリューの結婚式を執り行う」

二人が講壇の前まで行くと、マテウスともすでに親しいらしい神官が声を張り上げた。

パイプオルガンの音がゆっくり会場に響きながら消えていく。

「まず、この結婚に異議あるものは声を上げよ。最後の機会を与えよう」

緊張の瞬間だったけれど、静まり返るだけで誰の声も上がらない。それらをゆっくり見渡すように確認してから神官が続けた。

「では、次にヴァーモア王国初代国王マテウス。誓いの言葉を」

促されたマテウスは、メグの手を一度離し、一歩前へと出た。

ここで何を言うかは、夫婦となることを誓うことで、ある程度新婦と新郎に任されており、メグも彼が何を言うか知らなかった。

「俺は難しい言葉や、飾った言葉を考えるのが苦手だ」

彼が話しだした途端に、緊張していた会場が少し和らぐのがわかる。マテウスは、なぜか他人を簡単に安心させることができるから不思議だ。

「だから、単純な言葉を重ねることを許して欲しい」

マテウスがメグの方を振り返る。

藍色の瞳に純白の自分の姿が映るのがわかった。

「俺はメグを大事にする。大切にする。守る。そして……愛す。愛して、愛して、愛する」

――マテウス……。

真っ直ぐな言葉だからこそ、とても気持ちが伝わってきた。

思わず、彼の名前を呼んでしまいたくなる。

瞳が潤んでしまいそうになる。

黄金の契約をしてしまったからではなく……本心から、彼の気持ちに応えたい。

「では、続いてメグ・アンゼリュー、誓いの言葉を」

しんみりとした静寂を味わったあと、神官に促されメグも一歩踏み出してマテウスの横に並んで立つ。

「普段はそうではないのですが、胸がいっぱいで私もよい言葉が浮かんできません。だから、彼……マテウスのように言葉を、短くつなげます」

わざと彼の名前を初めて敬称をつけずに呼ぶ。

「貴方の妻となります。側にいます。見て、食べて、笑います。そして、愛されて、愛されて……愛しま、す」

感極まってしまったけれど、最後まで何とか言い切る。

「ではその印として、二人は頬へと口づけを」

メグとマテウスが一歩ずつ近づく。

顔を寄せようとすると、彼が膝を折って同じ高さにしてくれる。

――ありがとう、マテウス。

心の中でだけ呟くと、目を閉じ、唇を近づける。

「……んっ」

頬にそっと触れるだけのキスをしあう。

「ここに新たな王妃と、素晴らしき王妃を得た王が誕生した。皆、喜びの声を上げよ」

神官が言葉を言い終わるまでもなく、会場から、会場の外からも「王妃様、万歳！」「マテウス国王、おめでとう！」「ヴァーモア王国に栄光あれ！」などの歓喜の声が上がる。

それらは教会の建物を揺らすかのような大きさで、さらにパイプオルガンの音が加わり、祝福はしばらく止まなかった。


式を終えた夜、城では祝いの宴《うたげ》が開かれた。

さすがに祝福しに集まってきてくれた国民全員を呼ぶわけにはいかないので、代わりに皆へは倉を開いて酒を村々に振る舞っている。

宴の方の出席者は、国賓と側近達で親睦を深めるという意味合いもあった。

「皆、祝ってくれたことを感謝する。今日は無礼講だ、存分に語り合ってくれ」

マテウスの挨拶で、全員が手に持ったグラスを掲げて宴が始まる。

あまり堅苦しくしたくない、というマテウスの要望で城の大広間で壁際にだけ休憩用の椅子を置き、立食の形にしてあった。

「マテウス王、おめでとうございます」

メグは、国賓の挨拶に忙しいマテウスに付き添う。

真っ先に挨拶にきたのは、メグの元いた国シュテラファンの外交官だった。

「エグモント殿、忙しい中、来訪に感謝する」

大臣の名前を囁《ささや》こうと思ったけれど、当然のようにマテウスは彼を知っていた。

「シュテラファン国王自ら出席したいと申していましたが、予定があわず申し訳ございません。私ごときが陛下の名代で大変恐縮なこと」

「急な日程であったし、国力の差を考えれば、当然のこと。気にしないでくれ。それより、エグモント殿には今後も世話になる。宜《よろ》しく頼む」

驚くぐらいしっかりと、マテウスが王らしい風格と言葉遣いで答える。

「寛大なお言葉、感謝いたします。両国にとってよい関係が続くことを願って」

「よい関係が続くことを願う」

グラスを軽く合わせると、マテウスとエグモント外交官は中身を飲み干す。

「王妃様も今後はご協力を宜しくお願いいいたします」

「……はい！　両国にとってよい関係のためであれば」

一瞬、王妃が誰のことを指しているのかわからずに返事が遅れてしまう。

メグは元シュテラファン王国の人間で、いざとなれば有利に動いて欲しいという意味合いがあるのかもしれない。そういった思惑を感じて、やんわりと釘を刺して返した。

「賢明なお言葉です。では、またいずれ機会がありましたら」

あまり主役の二人と長く話し込むのは失礼だと思ったのか、エグモントが会釈をしてメグ達から離れていく。外交官らしく、物腰は柔らかく、とても礼儀正しい。

「次にご挨拶よろしいでしょうか？」

「もちろんだ、インゴルフ殿」

その後も彼は各国の代表と何の問題もなく、挨拶をこなしていった。

いざとなれば、少し出すぎた真似とはいえ、フォローをしようと思っていたけれど、マテウスは完璧に下手《したて》に出すぎず、上からすぎず、やり手の外交官達と渡り合う。

――――どうして、シュテラファン国王が彼を国境を守る一辺境伯にせず、王に薦めたのかわかる気がする。

普段は少し抜けていて、不器用で、真っ直ぐで、皆を引きつける魅力のある人。

けれど、剣を取れば最強の冒険者。

国王という立場でいる時は、王者の風格をまとう。

そんなのギャップがありすぎて、反則。一番側で見ていたメグは、すっかりやられてしまいそうになる。

「………あっ」

挨拶が途切れた時、彼の横顔を見ていたらふっと視線があってしまう。

メグは照れるも、マテウスも頬が緩みまくって、王の風格が台無し。

「いいから、この場はキリッとしていてください」

誤魔化すように小声で指摘する。

「お前を見ている時だけだ。他の女性には決してしない」

「そういうことを言っているのではなくて……」

あまりにじっと見つめられて、恥ずかしくなり、言葉が続かない。

先に逸《そ》らしたのはメグの方からだった。

「いやー、初々しいっすねー、ほんと恥ずかしくなるぐらい」

そんなところを誰かに見られていたらしい。

声のした方を見ると、青年が二人立っていた。メグの記憶にない顔で、くだけた口調から外交官ではなく、彼の部下だろう。

「リオネル、邪魔をするな。今、いいところだった」

――――大事そうな人に見えるから、しっかり挨拶しないと。

マテウスが追い払うように軽口を叩くなら、尚更《なおさら》である。

「そんなことありません。お二人とも初めてお会いしますよね？」

くだけた返しをするマテウスへつっこみつつ、メグは二人に尋ねる。

「ご挨拶が遅れました、リオネルといいます。ただ宴で初顔合わせとなったのは、何度催促しても、ちっともマテウス様が紹介してくれなかったので、僕のせいではありませんからね」

二人のうちの一人、赤毛の青年が先に答えた。

声からして、先ほど茶化したのも彼のよう。

白いシャツに青銅色のベスト、深緑の上着には黄色い刺繍《ししゅう》のラインが入っている。クリーム色のクラヴァットは、彼のやや疲れ気味の顔色を明るく見せていた。

男の人にしては華奢な細身の身体、人懐っこそうなアーモンド形の琥珀《こはく》の瞳をしていて、髪は目先がくるくるとした赤毛。

ニコニコと常に笑みを絶やさないのはちょっと腹黒を思わせる。

ただ、商人には珍しくないことなので、感情をコントロールできている証拠であった。

「一言多いぞ、リオネル！　こいつには内政を統括してもらっている。冒険者時代は、主に罠《わな》の解除や地図の作成、戦利品の分担が担当だったからな。計算や知恵は回る」

――部下は部下でも元冒険者仲間なんだ。

口が悪いのはそのせいなのだろう。

「これからよろしくね、リオネルさん」

「よしなに。けど、ダンジョン経営の方は内政部門として超、手厳しくいきますんで」

部下から反対されていたと聞いていたけど、予想以上みたい。

彼はたぶん財政も見ているだろうから、当然といえば当然だろうけれど、これは手強《てごわ》そう。

「つーか、赤字なんですから、さっさと売り払ってくださいっていっつも、何度言っても聞かないんだから、このダンジョン馬鹿が！　私財でやるって言っても最終的には国で面倒見なきゃならないわけだし……僕の抜け毛これ以上増やすつもりですか？」

お酒が入っていることもあって、日頃のうっぷんをリオネルがマテウスにぶつける。

メグとしては苦笑いするしかない。

「髪が赤いうちはまだ大丈夫だ」

「白くさせるまでこき使うつもりですか！」

「なっ！　力がなくなると、黒に戻るのではないのか⁉」

「何でマテウス様が驚くんですか！　ないです！　赤毛にそんな能力ないです！」

二人の言い争いにおろおろしていると、放っておかれていたもう一人の青年がメグに向かって会釈した。

「王妃様、お会いできて光栄です。外交を担当しているオーギュストと申します。以後、お見知りおきを。何かお手伝いできることがあれば、遠慮なくお呼びください」

「え、ええ……宜しくお願いします」

跪いてメグの手を取ると、手袋の上から口づけされる。

襟の立ったすらりとしたコートのような上着は、群青色をしていた。飾りの金色をした鎖が何連も連なっている。

すらりと背の高いオーギュストには、その恰好がよく似合っていた。

美しく肩下まで梳かされた髪は銀色。細く吊り上がった伏し目がちの瞳は青色で、氷の心を持つ王子様を思わせる美形である。

「オーギュスト、俺の妻になにをする！　リオネルに気取られているうちに……やつは囮《おとり》か？

くっ、こんな手に気づかないとは！」

慌ててマテウスが、メグとオーギュストの間に割って入ってくる。

「落ち着いてください、マテウス様。最大限の敬意を表したまでです」

「そうか？　ならいい。だが、触れるのは今回限りだ。許さん」

冷静な返しはさすが部下といったところ。

ただその後、小声で「この駄目王は」と口にしたのは空耳だろうか。

――――どっちも毒舌部下？

「こいつは冒険者の時、後方での的確な弓での援護が得意だったんだが、それよりも得意だったのが諜報と交渉術だ。騙されないように注意しろ」

後ろに匿ったメグにマテウスが伝えてくる。

確かに洗練された礼儀作法、整った容姿、的確な会話といい、外交官にはぴったりに思える。

特に相手が女性の場合には有効だろう。

ただ、メグはこの手の人に警戒感しかない。

商会に新しい儲け話を持ってくる人の半数以上は詐欺師みたいなもので、女性が代表をしていると知ると、この手の二枚目ばかりが送り込まれてくる。

だから、彼にドキッとしたりすることはありえない。

マテウスには安心して欲しいのだけれど……言っても聞かないだろう。

「貴方はダンジョン経営について、賛成？　それとも反対？」

先ほどのリオネルが強硬なダンジョン反対派だったので、賛成派か、もしくはどちらでもないことを予想してオーギュストに尋ねたのだけれど――。

「反対ですね。外交としては、ただでさえあまり関係のよくないカザラ王国と、ダンジョン経営において競合することになります。何としても避けたいところです」

続けてオーギュストが呟いた「下策中の下策です」という言葉は聞かなかったことにしよう。

「あとで他にも紹介するが……とりあえず、この二人が俺の右腕と左腕だ。宜しく頼む」

左腕はなんだか違う気がするけれど、部下の中でも頼りにしている二人ということらしい。

そして、両人からダンジョン経営について猛反対されている。

なかなかにお仕事の方は前途多難らしい。

「では、二人ともひとまず王妃としてだけでいいので、仲良くしてくださいね」

まずは友好関係を築くために、笑顔、笑顔。

「それでしたら大歓迎ですよ、ここは男ばかりでしたから女性は重要です」

オーギュストが手を広げて答える。

「ほんとだよ。結婚してくれって、マテウス様にいくら言っても聞かなくて困ってたんだ。俺が死ななければ問題ないだろうって。王がいつまでも未婚って、問題あるに決まってんだろ！　今は引き合わせてくれとかまだ穏やかだけど、落ち着いてきたら金目当ての女が強引にわんさか寄ってきて、その対処がすごく面倒だっての！」

リオネルが早口で毒舌を吐きまくっている。

なかなかに灰汁《あく》が強い人達みたい……。

「あの……でも、私も契約金をもらって……しかも結婚はミスで……」

言いかけたところで、リオネルがメグに向けて手のひらを突きだして止めた。

「メグ様は問題ないです！　僕達からしてもマテウス様にぴったりの人選なんで。だって、お金もそこそこ持っていて、商会の代表をやっていたぐらいの知識があって、計算も強い。ほんと、あの人がここ数年でした唯一のよい選択なんじゃないかと思うぐらい」

「結婚の経緯は存じています。問題ありません。あなたを数年でこの国を好きにさせてみせますので」

リオネルに続いたオーギュストの言葉に、マテウスも加わって三人で頷く。

どうやらダンジョンに関すること以外は、大いに歓迎されているらしい。

王妃としては、かなり期待されてしまっている？

「いっそのこと、王妃様に政権握ってもらっても構わないんだけど。マテウス様を傀儡にして。どう思う、オーギュスト」

「それはアリですね。しかし、傀儡《かいらい》よりは国内外の不満をマテウス様にすべて引き受けてもらい、そのまま失脚、しぶしぶ地位を王妃様に譲るという形の方がいいかもしれません」

「お前達……」

好き勝手に言われたマテウスは、さすがに呆れた顔をしている。

冗談なのはわかるけれど、二人ともちょっと本気入ってそうで笑えない……。

特にオーギュストからは「女王いいな」という呟きが聞こえた気がするし。

「まあ、そのためにはとりあえず建国したばかりでぐらっぐらのこの状況を脱しなきゃ駄目だけどなぁ」

「また何か問題があったのか？」

リオネルのぼやきに、マテウスが何かを感じ取ったのか尋ねる。

「今年の税収が去年を下回りそうなんですよ」

「建国からずっと上がり続けていたのにか？　病害でも起きたか？」

すぐに三人は真剣な表情になる。

「わたくしの調査結果によると、地方官の数人がいい加減な仕事をしたり、わからないように少額ずつ抜いたりしているようです」

オーギュストは国内の諜報も兼ねているみたい。

「新興国の痛いところだよなぁ。人材不足だから簡単に切るわけにいかないし。金に関することは放置すると、色々な方面に影響が出てデカイし」

「ひとまずケツを叩いて働かせるしかないだろうな。その辺りは任せる」

マテウスの結論に二人の側近が頷く。

今の会話を聞いただけでも、リオネルとオーギュストが有能だとわかる。

数日で結婚式の準備を整えた手際といい、普段の抜け目のなさといい、彼らがいれば、国政はゆっくりとでも軌道に乗っていくだろう。

ダンジョン経営がその足を引っ張りたくない。

――それに……少しだけ三人が羨《うらや》ましいかも。

自分も早くあの輪の中に入っていけるようになりたい。

――ううん、もう入っていける立場。自分から行かないと。

「最終的には実力能力制を取り入れればよいと思うのですが、まずは前年度の記録と大きく違う場合には報告書を提出させるようにしてはどうでしょうか？　それでも怪しい場合は調査部隊を向かわせて」

思い切って一歩踏み出すと、自分の意見を口にしてみる。

商会と国とは違うので、間違いがあるかもしれないけれど、恐れていてはだめ。

「うん、そのぐらいの政策の方が手間がかからないし、すぐに動かせる。さすがフットワークの軽い商会の代表をやっていただけあるね」

すぐにリオネルが賛成してくれる。

「調査部隊は四、五人いれば充分ですね？　ピックアップはすぐに可能です」

「国内の調査部隊は、外交や諜報で外国に出る人と数年おきに交代していくとよいかもしれません。外国ばかりにいると本国に対する意識が薄れますし、家族もいますでしょうから。本人の希望も加味してですが」

オーギュストの言葉にも、自分なりの意見を付け加えてみる。

「それは名案です。人材は限られています。循環させることで、癒着を少なくすることができます。組織として新しい風も入れられる。一石二鳥、いいえ五鳥ぐらいありますね。外交・調査部門はすぐに検討する方向で」

「内政もこのあと、手配しておく。せっかくだから、人材循環は内政と外交も少人数でいいからやろうか。他部門の経験って意外に有益な気がするな。移動した人のノウハウは一からになるけれど、実際、優秀な人ってどこに行っても有能だしね」

二人とも打てば返ってくる感じで、事細かに説明せずとも意図を理解してくれるし、さらに広げてもくれる。決断も速い。

ルージェリーとはまた違う感じで、よい話し相手に思えた。

「ぐっ！　メ、メグは俺の妻兼ダンジョン経営の施設アドバイザーだ。お前ら勝手に取るな」

「ひゃっ……マテウス⁉」

少し蚊帳《かや》の外に追いやられていたマテウスが、いじけたようにメグを強引に抱き寄せた。

「ふぅ、この王は。また子供じみたことを」

リオネルが深い溜め息をつく。

「先ほどの冗談ではありませんが、ダンジョンなど諦めて、王妃様をマテウス様の片腕として、国政に参加させてはいかがですか？　その方が、よっぽどヴァーモア王国にとって有益だと思うのですが」

「オーギュストに賛成。全体を見られる人材がもう一人欲しかった。王妃様に今は僕が無理やり同時に見ている財政を担当してもらえばいいんじゃないかな？　手が回ってなかったし」

二人のきつい言葉に、マテウスは眉をしかめた。

確かに、ダンジョンに手を入れて軌道に乗せるよりも他の場所、たとえば生産品の質がよさそうな交易品の売り込みなどに力を入れた方が、効率がよいだろう。

それはつい先日まで部外者だったメグにもよくわかっている。

けれど、依頼者兼旦那様はダンジョン経営をご希望で、それが可能だと自分ははじき出した。

――――少し燃えてきたかも！

有能な人達にここまで強硬に反対されるならいっそ清々しい。

逆にひっくり返してみたくなる。

今まで培ってきた商会での知識と経験を生かして成功させたい。

「お二人にはご迷惑をおかけして申し訳ありません」

まず、二人に向かって謝る。

王妃としての態度ではないのかもしれないけれど、今は一介のアドバイザーとして。

「けれど、私はダンジョンを軌道に乗せるために来たのです」

自分の計算に基づいた商売の勘は間違っていない。

「何としてもマテウスと力を合わせて、ダンジョン経営を軌道に乗せてみせます！」

少し興奮して、最後はつい大きな声を上げて宣言してしまった。

周りにいた二人以外の側近達から「おぉ」や「ふぅん」など賛否両論な歓声が上がる。

「まあ、そこまで言うなら」

「邪魔はしませんし、させませんのでご安心ください」

リオネルとオーギュストも、メグがダンジョン経営にかかわることをある程度納得してくれたようだった。

「さすが俺の妻だ。わかってくれている。ますます惚《ほ》れた！」

「マ、マテウス……皆が見ていますので」

意気込んでいた力が抜けた時、彼に抱き寄せられ、髪にキスされる。

恥ずかしがっていると、今度はやれやれといった様子で周りの空気が和らぐ。

「羨ましがっているだけだ。俺は気にしない」

「私が気になりますから！」

その後、マテウスから他の側近達を紹介され、宴はつつがなく終えることができた。

※　※　※

結婚式当日の予定をすべて終えたマテウスは、自室のソファに座って必死に自分を落ち着かせていた。

「いや、まだ今日最も重要なことが終わっていない」

それはもちろん、初夜だ。

初めてメグと一緒に夜を過ごす。その言葉が意味することは当然知っている。

けれど、いやだからこそ胸の鼓動が高まって仕方ない。

ダンジョンで好敵手に出会えた時も、最下層におかれた如何《いか》にもな秘宝の入った宝箱を開ける時も、これほど緊張したことがない。

「止まれ！　いや、こんなところで心臓が止まっては困る。メグを抱くまで死ねない」

抱く、という言葉を口にして、また鼓動が速くなった。

手順はすべて考えてある。まずは会話をして、メグを褒める。褒めて褒めまくる。

簡単だ。常にメグを見て思っていることを口にするだけのこと。

それから、身体を寄せ、メグの柔らかい身体を抱き寄せる。

これも宴の席で、すでに実行済みだ。かなり緊張したが、上手くいった、と思う。

そして、ここからが問題となろう。

何か雰囲気の出る言葉を言って、自然に口づけをする。

雰囲気の出る言葉とは何だ？　自然にキスへ持っていく方法などあるのか？

少なくとも自分には考えつかない。

しかもそのあと、優しく押し倒し、理性を抑えつつ、愛撫し、身体を重ねなければならない。

「無理だ。俺にはどんな迷宮の全踏破よりも難易度が高い」

マテウスは頭を抱えた。

結婚式で頰にキスされただけで、痺れて、その柔らかさに理性が崩壊しそうだった。

もっと近くにいたい、もっと触れたいと胸が高鳴った。

「なんだこれは？　好きすぎる！　どうしてこんなにメグが好きなんだ！」

ダンジョンのことを本気で一緒に考えてくれるからか？

いや、それだけではない。

笑顔か？　優しさか？　あの声か？　頭のよいところか？

ごく稀に見せる素のほわっとした淡く光るようなあの雰囲気か？

――――わかった、全部だ。彼女の存在自体だ。全部が好みで、惹きつけられるんだ。

「いや、今はメグがどうして好きかを考えていたのではない」

抱くまでの手順を考えていたところだ。

どうしたら自然なキスとやらができる？　理性を保ち続けられる？

こんなことならオーギュストから助言をもらうべきだった。

だが、今からでは遅い。遅すぎる。

「はっ！　そろそろ行かないとメグが困惑してしまう」

宴の退出時に、彼女には「すぐに行くから、そのままでいてくれ」と耳打ちしてあった。

少し赤くなった顔でメグが頷いたので、きちんと伝わっただろう。

「よし、うだうだ考えても仕方がない。臨機応変だ！　要はメグのことを一番に考えればいい。それでたとえ失敗して、抱けなかったとしても後悔はない」

そもそも契約で妻となったメグが、すべてを受け入れてくれるとは限らないのだから。

――全力で彼女を大切にしよう。好きだと示そう！

そう誓い、マテウスはソファから立ち上がってメグの待つ寝室に向かった。

※　※　※

メグは緊張した面持ちで寝室のソファに腰掛けていた。

ルージェリーを下がらせ、マテウスに言われたとおり、ウエディングドレス姿のままで、彼が来るのを待っている。

どこに座って待つか迷ったのだけれど、結局、メグは三人掛けのソファを選択した。

ベッドだとまるで誘っているみたいだし、寝室でなくリビングだと拒絶しているように思わせてしまうかもしれない。

彼に耳打ちされるまで、メグは初夜のことをまったく意識していなかった。

考えになかった、というのが正確かも。

契約で結婚するまでは義務と言える。

けれど、夜はどうするか、一緒に眠るのか、その先もどうするのかまではお互い考えていなかったので契約に入っていない。

――あの契約の場でそこまで考えていたらただの色魔ですけど……。

堅物のマテウスに限ってはありえない。

ただ、宴が終わったら当然、夫婦はベッドを同じくするもので、二人とも気づいてしまった。彼にはそのまま待っていてくれ、と言われただけなので、どうするつもりなのかはまだわからないけれど。

――――私の気持ちは……。

真っ直ぐで少し抜けているけれど、冒険者として有名なぐらい力はあって、人を惹きつける魅力に溢れていて、民に寄り添う新しい形の王としての資質と威厳を持っている人。

押されてしまったら、流されてしまわない自信は……ない……かも。

少なくとも、とてもマテウスが来るまでにはっきりとした答えを見つけられないことだけはわかっていた。

「は、はいっ！」

「俺だ。マテウスだ、いいか？」

ぐるぐると考え込んでいると、扉がノックされて、メグは顔を上げた。

立ち上がって彼を迎え入れる。

マテウスも今日の凛々しい婚礼衣装のままで、少し表情を硬くしている。

「まずは……座ろう」

先に彼が先ほどまでメグが座っていたソファに腰掛ける。

どこへ座ろうか迷っていると、マテウスにこっちだと隣を指定されてしまった。

「今日を、結婚式を無事に済ますことができてよかった」

いきなり、がばっと来ることも想定していたけれど、さすがにそれはなさそうでほっと胸を撫で下ろす。

「そうですね。不測の事態が何も起きなくてよかったです」

頷き返すと、彼が隣からじっとメグのウエディングドレス姿を見つめていた。

思い出すと式が始まる直前にじっくり見たいと言っていたので、恥ずかしいけれど、やや顔を下にだけ向けて会話を続けた。

「その……本当に私でよかったのですか？」

「もちろんだ。お前でなくてはならない。お前がいい……あっ、いや、その……なんだ……好きだ！　いや、今のは唐突すぎるな、忘れてくれ」

マテウスが照れて、頬を指で引っかく。

冷静そうに見えるけれど、彼も緊張しているのかもしれない。

「ありがとうございます。小柄なのでもう少し見栄えがすればよかったのですが……」

ウエディングドレスはもちろん、ルージェリーがメグに合わせてぴったりのものを用意してくれたけれど、せめて胸の辺りにボリュームが欲しいと思ってしまう。

あと背、長い手足、自分としては足りないものだらけ。

「そんなことはない！　見惚れてしまって、言葉にするのを忘れていた……その婚礼衣装はよく似合っている。ずっと見ていたいほどだった。綺麗だ、美しい、可愛い！」

がばっと腕を掴まれ、力説されてしまう。

触れてしまったことに、ここから襲うかのような姿勢にハッと気づいて、彼は手を離した。

「それに……宴の席での言葉、心から嬉しかった」

「ダンジョンの話ですか？」

メグとしては、皆の前でダンジョン経営の黒字化を宣言するなんて、今、思い返すと恥ずかしい。できれば忘れて欲しい。

「ああ、あれには感動した。お前に出会えてよかったと改めて心から思った」

「それは言いすぎだと思いますけれど……契約というか、約束しましたから貴方と」

照れつつも、マテウスが喜んでくれたのならよかった。

「実はダンジョンについて、誰にも話していない夢があるんだ。聞いてもらえるか？」

「興味あります。ぜひ教えてください」

なんだかダンジョンの話になると、先ほどまでの緊張した感じはなくなっていて、いつもの自然な二人に戻っていた。

「今のダンジョンは冒険者だけの危険な場所、という認識だ。けれど、俺はできれば、もっと安全なダンジョンが見たい」

マテウスの言葉に頷く。

冒険者の集まる隣国のカザラ王国であっても、ダンジョンは命の危険がある場所という認識が一般的というか絶対だ。

ごく稀にだけれど、管理の行き届いていないダンジョンから低層階の魔物が次から次へと溢れだして、近隣の村に被害を出すことさえある。

だから、一般人は決して近づこうとしないし、新しいダンジョンが見つかったら近くの民家は泣く泣く他へ移っていく。

賑わっていた大きな街がダンジョンにつぶされた、なんてことも聞いたことがある。

「もっと詳しく聞かせてください」

常識や既成概念から大きく外れた考え。

それは時に大きな商売となる。またはその手がかりが隠れていることが多い。

「ダンジョンの近くに街を作りたい。冒険者達には衣食住が必要だ。それが近ければ近いほど助かるだろう」

「それは一理ありますね」

たとえば、宿屋がダンジョンの近くにあるだけでも冒険者の満足度は格段に上がるはず。

この世界には、どうやら瞬間移動的な魔法は存在しない。

だから、今だと探索でヘトヘトになったあと、さらに長い道を歩いて近くの街もしくは馴染みの街まで戻らなくてはならない。それを狙う盗賊がいるかもしれないから、その間も危険がないとはいえない。

もし、ダンジョンの近くに宿屋や道具屋や武器屋、酒場などのお店があって、他よりも快適に探索できるとわかれば、そのダンジョンに冒険者は集まるだろう。

人が集まれば、ものが周り、お金が周り、街が賑《にぎ》わっていく。

あとは、よい方向の連鎖が勝手に街を大きくしていくに違いない。

「他には？　何かありませんか？　まとまってなくても、思いつきでも構いませんので」

メグは無意識にマテウスとの距離を自分から詰めていた。

むぅと唸りながら、彼が考え込む。

「ダンジョンから死人が出ないようにしたい」

マテウスが捻《ひね》り出した言葉に、それはいくらなんでも難しいと思いながら、メグは確かにと納得した。

ダンジョンのすぐ近くに街を作ると、死人が出たことに今まで以上敏感になるだろう。

逆に死者が少ないとわかれば、よいダンジョンだという評判は伝わりやすい。

――――ただ、それって……難しい。

ダンジョン探索をする冒険者は、危険を対価として割がいいアイテムなどを収拾できるわけで、それを安全にしてしまうと、そもそものダンジョンに関するサイクルが壊れるのではないかという心配がある。

それに最大の問題は、死人をなくす手段。

死なないように冒険者達へ啓蒙《けいもう》活動をするわけにもいかないし……。

「難しいですが、いずれ解決できる方法を見つけられるかもしれません。いずれにせよ、よい糸口になった気がします」

ダンジョン全体についてここまで真剣に考えているのは、きっとマテウスぐらいだろう。

婚礼衣装を着て、ダンジョンについて語り合う夫婦というのもたぶん、自分達ぐらいだろうけれど……。

「抱き締めてもいいか？」

苦笑いしていると、彼から尋ねられた。

「唐突にどうしたのですか？　別に、構いませんけれど……」

彼から邪《よこしま》な気持ちを一切感じなかったので、頷いてしまう。

マテウスがその逞しい腕をメグの肩に回して、優しく抱き締めた。

ぎゅっと締め付けられる。

――――温かい。

彼の腕の中は、ふわりと温もりが伝わってきて、前世のこたつのようで、なんだかほっとしてしまう。

「喜びを分かち合いたくなった。きっと俺とお前なら上手くいく」

どうやら、ダンジョンについて語れたのがよほど嬉しかったらしい。

「私もそう思います。知識と経験と、常識を破るだけの熱意が私達にあります」

「ああ、絶対に成功する。メグ、ありがとう」

耳元で囁くと、また彼の腕がぎゅっぎゅっと締め付けてきた。

触れ合っているのに、緊張は解けて、すべてを委ねてしまいたくなる。

「す、すまない。嬉しさのあまり……」

完全に天然でやっていたらしく、今になってハッと彼が気づく。

「別に……いいんです……嫌な気持ちではないですし」

「そうか？　ならもう少し」

今度はぎゅーっと強く抱き締められる。

先ほどと違って、なんだか切ない気持ちが込み上げてくる。

その温かさに安心する反面、胸が高鳴ってしまう。

「マテウス……」

メグは見上げて彼の顔を見た。座っていても、身長差がある。

「……メグ」

藍色の瞳がメグの姿を捉えていた。視線がぴったりと合わさり、離せない。

無意識に惹かれ、顔が近づいていく。

――あっ、キス……する……。

その予感どおり、数秒後にメグはマテウスと唇を合わせていた。

「んっ……」

小さく吐息をもらす。

マテウスの唇は、腕の中と同じぐらいに温かく、そして彼を感じた。

離れると、切なさが駆け抜ける。もっと触れていたいというかのように。

「俺は今、お前を抱きたい。一つになりたい。だめか？」

唇が離れると、抱き締めながらマテウスが尋ねる。

「契約とはいえ、花嫁で、今日は最初の夜ですから……」

――――マテウスなら……。

自分への言い訳だとわかっていたけれど、素直に認めるには恥ずかしすぎて、けれど、しっかりと覚悟を決めて、頷いた。

「すべて任せろ、優しくする」

「あっ……ん――――」

もう一度、今度は奪うようにマテウスからキスされる。

今度は熱く、蕩《とろ》けるような感触だった。

彼はそのままメグの小さな身体に腕を伸ばして、抱きかかえた。お互いに心臓の音がドクドクと高鳴る中、ベッドに移動する。

「ドレス、脱ぎますので……」

亜麻色の大きなベッドに下ろされたメグは、頬を上気させて呟いた。

そこは、特別な夜ということもあって、ルージェリーによって完璧にベッドメイキングされていた。シーツには皺《しわ》一つなく、さりげなく周りには花びらが散らされ、天井から四方に吊された天蓋《てんがい》のカーテンには、金箔や宝石の欠片《かけら》がちりばめられ、輝いている。

「そのままでいい。そのまま抱きたい」

自分ではわからないのだけれど、マテウスはウエディングドレスがお気に入りみたい。

メグは頷くと、そのまま彼に身を委ねた。

「ん、んぅ――」

マテウスがキスをしながら、壊れ物に触るようにメグのドレスを慎重に乱していく。

胸元を広げ、白い肌が見えると、今度はそこに口づけし始めた。

「あっ、んっ……くすぐったい……」

唇の感触と熱さが胸元に伝わってきて、身悶《みもだ》える。

しかもそのすぐ下には控えめな胸があって――。

「やっ……んっ……あっ……」

メグは恥ずかしさに声を上げた。「だめ！」と言ってしまわないように注意したけれど、頭の中はすでに真っ白というか、真っ赤で、無理。

マテウスは一度、メグの声で顔を離すも、再び続けた。

腕でぐいっと、さらにドレスの胸元を開くと胸をすべて晒《さら》してしまった。

「胸、小さいから……その……」

自分でも何を言おうとしているのか、よくわからない。

言葉を選べない、こんなこと初めて。

「そんなことない。綺麗だ。お前の胸は好きだ、欲しい」

否定すると、マテウスは言葉どおりメグの乳房に唇をつけた。

「あっ、あっ……あっ……」

胸の膨らみに熱い唇を押し付けられる。

ざわざわとした淫《みだ》らさが身体を襲ってきた。

――――胸に……キスされている……。

マテウスは飽きてしまわないかというほどに、メグの乳房にキスを続けた。

まるで自分のものだと印をつけるかのよう。

けれど、嫌な感覚は一切なかった。

ただ、彼の行為すべてに、敏感に身体が反応してしまう。

「柔らかい。壊れそうなほど細く、小さいのに。惹かれる」

それが胸のことか、メグ自身のことなのかはわからない。とにかく、マテウスはメグの身体を気に入ってくれているようだった。

夢中で貪るように胸元のあちこちへ唇を押し付けていく。

「あ、あ……あぁ……」

もう頬だけでなく、全身が上気してしまって、彼の唇が素肌を擦るだけで反応してしまった。

自分はもともと淫らな身体なのだろうかと、疑ってしまうぐらい。

そして、メインディッシュに取っておいたかのようにずっと触れなかった胸の中心へ、彼の唇が動いた。

「ひゃっ、んっ！」

思わず身体がベッドの上でびくっと跳ねる。

それほどに胸の先端への刺激は強かった。ただ唇が触れただけなのに、そこは冷たく凍えていたかのように熱を伝えてきて、震える。

「……あっ……そこ……強く……ああっ！」

――触ってはだめ……。

最後まで言えない。

マテウスの唇が蕾を愛でるかのように、連続してキスしてきたからだった。

唇が擦れ、その刺激に身体を震わせる。

彼の息遣いが荒くなり、部屋に響くのに気づく。メグの胸を愛撫して、興奮が増しているのかもしれない。

「……んっ、あっ……んっ……」

声を抑えようとしても、メグには無理だった。

直接的な刺激だけでなく、自分の胸が露わになり、そこへマテウスがキスしているという光景がさらに官能的な気持ちにさせるから。

緊張と弛緩を繰り返しながらたっぷりと愛撫されていく。

マテウスは一寸不乱に、メグの身体にキスを続けた。

やがて、反応を確かめながら先端への刺激を強めていく。

「あっ、ん！　ん……」

唇で胸の蕾が挟まれる。続いて口の中で転がされた。

そこは散々愛撫され、熱を移されて蕩けていて、けれど弄《いじ》られれば弄られるほどツンと硬くなっていく。芽吹くかのように。

伝わってくる刺激もそれに応じて、強くなってしまう。

「ひゃぁっ……ん、あっ……あぁ……」

メグは乳房を甘噛みされて、思わず淫らな声を上げてしまった。

一瞬、歯かと思ったけれど、どうやら唇で優しくしたらしい。

乳房が大きく歪《ゆが》み、新しい刺激が襲ってくる。

——これを先端にされたら……。

予想するとすぐにそれはやってきてしまった。

最初から狙いをつけていたようにメグの乳房を唇で甘噛みしながら、中心に寄せてくる。そして、おもむろにかぷっとされる。

「ぁんっ！　んっ！　ああ……」

刺激に備えていたのに、メグは再び驚きと刺激の混じった声を上げていた。

胸の蕾が唇で挟まれ、少し強めに甘噛みされる。

——食べられてしまう!?

そんなことは絶対にないのに、心はそう思って、胸を締め付けてきた。

刺激を逃がすことができずにすべて受け入れてしまう。

「あ、あっ……あっ……」

その後も彼は口に含んで舌で愛撫しながら、時々甘噛みしてきた。

いつ、その強烈な刺激が来るのかわからずに、戸惑う。戸惑えば、戸惑うほどに、与えられた時の刺激へ敏感に応えてしまって、身体が乱れてしまう。

「あ、あぁ……あっ……あっ……んっ！　あぁ……」

マテウスは片方ずつ、交互にメグの乳房を愛撫していたのだけれど、ついには我慢できなくなったように両方同時に責め始めた。

片方を唇で、もう片方を手で愛撫する。

大きな彼の手のひらはすっぽりとメグの乳房を包み込んでしまって、全体的に激しく揉まれてしまった。

小さいけれどその膨らみが彼の手の中で形を変えていく。

時にぎゅっと握りしめられる、時に指で押し込まれ、さらに先端を爪でやわやわと擦られる。

しかも責められているのは両方で、今では二つの刺激が同時にメグを襲っていた。

「あぁ……ああ……あ、あ、あ……」

短く、淫らな吐息が自分の部屋に響いていく。そこに野獣のようなマテウスの息遣いが混じって、その二つだけしか聞こえない。

まるで自分が自分ではないよう。

喘《あえ》いでいるのは確かだけれど、あまりに身体も、頭も、熱を持っていて、うなされているかのような感覚だった。

けれど、確かにマテウスに愛撫されている。

初めは反応してしまう身体に戸惑っていた心も、次第に悦《よろこ》びを感じていた。

彼の指先から、その唇から、メグのことを愛おしく思う気持ちが大切にする気持ちが、強く伝わってくるから。

ここまで誰かに愛おしく思われ、大切に思われたことはない。

それが嬉しくないわけがなかった。

――――それに……誰でもいいわけじゃない。マテウスだから……。

惹かれ始めていることは、もう否定できないほど大きくなっていた。

彼の行く先を見たい。彼の隣が心地よい。

彼が喜ぶなら、望むなら、何をされても構わない。

メグの方からもマテウスを愛おしむ気持ちが溢れて、止まらなくなっていた。

「マテウス……ぎゅっと……してください」

彼に向けて両手を突きだすと、小さな願望を口にしていた。

マテウスはすぐに唇を胸から離し、メグの背中へ手を回してくれる。

ぎゅーっと、かなり強く全身を抱き締められ、上からなので彼の重みが少しかかる。

けれど、それが気持ちいい。

彼を強く感じられたし、触れ合っているのが嬉しい。

だから、先に進むことを恐れずに――――。

「そろそろ……」

メグは恥ずかしいけれど、彼の耳元で呟いた。

最後まではきちんと言えなかったけれど、意図はたぶん伝わるはず。

「本当にいいんだな?」

抱き合ったまま、再度尋ねられ、メグは彼の肩に顔を乗せてわかるように頷いた。

――このまま、最後まで……身体を重ねて……。

二人とも思いは一つで、そこを目指して動いていく。

「ん――」

マテウスはメグへの締め付けを解《ほど》くと、もう一度、今度は唇に戻ってキスをした。

そして、片手を下へと下ろしていく。

メグの方も震えながら、恥ずかしさを必死に堪《こら》えながら、足を少し開く。

「あっ……」

彼の手がドレスを捲《まく》り上げ、腿《もも》に触れた。

散々官能的な愛撫をされたとはいえ、さすがに緊張しないでいるのは無理で、火照《ほて》った肌が強く反応して声を上げてしまう。

マテウスの手は一瞬だけ離れると、また伸びてきて今度は肌着を摑んだ。

助けるように腰を浮かせると、この日のために用意された上質な生地がメグの細い脚を滑り落ちていく。

それだけで、自分のすべてをさらけ出した瞬間のように感じた。

もう彼が触れられない場所などない。

「メグ……大切にする。今だけじゃない。お前が望む限りずっとだ」

彼はそう宣言すると、そっと、本当に触れるか触れないかぐらいの力で、まだ誰にも許していないメグの秘部を愛撫し始めた。

「んっ……あっ……あっ……」

誘うかのような指の動きに、声がもれてしまった。

何かを求めるように腰が震えてしまう。

マテウスの指先はメグの秘部にゆっくりと触れて、先を急いだりはしないでくれた。何度も何度も秘部の周りや秘裂を撫で、緊張が解けるのを待ってくれている。

やがて、それが通じたかのように蜜《みつ》が溢れだし、彼の指と花弁とを濡らした。

恥ずかしいけれど、どうしようもない。

さらに微かな音だけれど、蜜が淫らな水音を立て始める。

――こんなに恥ずかしいなんて……聞いてない。

身悶え、いやいやとしたくなるのを必死に堪える。

すると何とか逃げだす前に彼が次へと進んでくれた。

秘部から指を離すと、彼が身体を持ち上げて、ベッドの上で仰向けになるメグに腰を押し付けてくる。

――熱い⁉

つい声を上げそうになるほど、今までにない感触だった。

おそらく彼のものが腿の上の方に触れて、秘部へと向かっていく。肌に触れた肉杭は、彼の指よりも、唇よりも熱くて、硬いような、柔らかいような不思議な感触。

そして、少し触れただけなのに、ドクドクと力強く脈打っていた。

「あ、あ、あ……」

肉杭の先端が秘部を捉え、触れただけで今度は抑えきれずに吐息をもらす。

肌に触れただけの時とは比べものにならない感触が襲ってきた。

暖炉の前にいるような、火照るぐらいの強い熱さ。それに、ぴったりと吸い付くような感触。

そして、とても強くマテウスを感じる。

「ん、あ、あぁ……」

狙いをつけた肉杭は間を挟むことなく、メグの中へと入ってきた。

先端がぐっと押し付けられ、進み始める。

体格の違いもあって、とてもきついけれど、蜜で濡れていたので思ったよりもすんなりと滑るように入っていく。

けれど、入っていく感触とは別。

――すごい……あああ……たくさん、感じる……感じすぎる……。

ちらりとも見てもいないのに、強く彼の肉杭を感じる。

熱杭は押し広げるように進み、膣襞はぴったりと密着し、離さない。

彼の鼓動と体温とが、一瞬でメグの中を満たした。

頭の中や感覚がすべて持っていかれ、彼だけになる。

「ん、あぁ、い……ああ……」

すぐに二人を阻むかのように、痛みがメグを襲う。

それが初めての証《あかし》だとは知っていた。

――マテウス……そのまま……奪って……。

声にならないけれど、念じると彼はそのまま突き刺すように、さらに腰へ力を入れてくれた。

「あ、あ、あ、あ……あ――!」

痛みがあったのは数秒のことで、一気に肉杭が突き進んで勢い余って奥に突き刺さった。

激しい痛みに代わって、強烈な刺激が襲ってくる。

「大丈夫か?」

マテウスが心配そうにメグをのぞき込み、額を撫でてくれていた。

「うん……たぶん、大丈夫」

初めてのことだから、初めてしかないから、わからないけれど。

痛みはかなり弱くなり、じんじんとしているぐらい。

それよりもドクドクと鼓動する肉杭の方が主張している。

「その……つながれたな」

マテウスが照れるような、けれど嬉しそうな顔になる。

「うん、でも……その……」

――最後までしなくていいの？

これで終わりでないことは知っている。

「いいのか？　無理はして欲しくないが。またの機会でもいい」

また次という言葉に二人して、恥ずかしくなり顔を見られなくなる。

こんなことを何度も繰り返すなんて……。

「初めてだから……だから……」

つながっている部分が、今もマテウスの腰が気持ちよさを求めて、震えているのがわかる。

ここまでとても優しくしてくれたのはわかった。

だからこそ、最後までして、彼に気持ちよくなって欲しい。

「わかった。少し激しくする」

「え……あ、はい……」

戸惑いながら頷くと、マテウスは腰を動かし始めた。

まずはゆっくりと肉杭をメグの中から引き抜いていく。

「あ……あ……ああっ……」

最後までするって言わければよかったかもと思うほど、強い刺激が襲ってきた。

入ってきた肉杭を引いただけなのに、中から引っかかれるような、我慢できないほどの強烈

な感覚が伝わってくる。

密着した肉杭と膣襞が激しく擦れ合い、刺激と快感とを生んでいく。

「……んっ……あっ……あっ！」

入り口付近まで一度戻ると、肉杭は再び膣奥に向けて進みだす。

今度は押し広げられる強い刺激が襲ってきた。

そして、マテウスはそのまま一定間隔で入れると引くを繰り返し始めた。強烈な刺激が休むことなく、やってくる。

「ん、あ、んっ……あ、あっ……」

ただ繰り返すだけでなく、マテウスは少しずつ変化を加えていた。

深くまで挿入し、次第に最初に入ってきた時のように膣奥へ近づいていく。そして、抽送する速度もだんだんと増していく。

メグの嬌声《きょうせい》がそのリズムに合わせて部屋に溢れだした。

今では二人の息遣いに加えて、ベッドが軋む音と、蜜の水音と、肌が触れては離れる微かな乾いた音が聞こえてくる。

どれもメグをさらに淫らな気持ちにさせてしまう。

「あ、あっ！　あっ！　ああっ！」

ついには肉杭が膣奥に届き、そこをも刺激し始めた。

痺《しび》れるような刺激が生まれ、身体が小刻みに震えてしまう。

「ん、あ、あっ……あ、あっ……あっ！」

嬌声も鋭く、淫らさを増す。

頭の中はもう真っ白で何も考えられない。

ただマテウスの愛する行為を受け入れていた。

やがて、強い強い衝動が身体の奥底からわき上がってきて――――。

「あ、だ、めっ……あ、あ、ああっ！」

衝動を抑えきれなくなったメグは、身体をベッドの上で躍らせた。

それを追うようにして、マテウスも肉杭を奥まで突き刺し、腰をガクガクと震わせる。

何か熱いものが身体を満たし、力が抜けていく。

マテウスと最後までできたという、達成感と幸福感が広がっていく。

「あ、あぁ……あぁぁぁ……」

――――すごかった……。

今まで経験したことのない激しい行為に、しばらく動くことができなかった。

マテウスがつながりを解くと、横に倒れ込んでメグを抱き寄せる。

「無理させたな。けれど、最高だった」

――――同じ気分。とても疲れたけれど、なんだかとってても嬉しい。

マテウスは力尽きたメグが眠るまで見守ってくれて……翌日は彼の腕の中で目覚めた。

【第三章】 離婚目指してダンジョンを軌道に乗せます～新妻に萌えるの禁止です～

結婚式から数日後、メグとマテウスはヴァーモア王国に見つかったダンジョンに続く道を馬に乗って走っていた。

街道の左右には木々が植えられ、美しい緑色の景色が流れていく。

「しかし、馬車でなくてよかったのか？　尻が痛くなるぞ」

手綱を握るマテウスが心配そうに後ろを振り返る。

彼は鳶《とび》色の胴衣に、表が藍色で裏地が赤の外套《マント》を身につけていた。

冷気と火をある程度防ぐ素材の外套は冒険者に必須である。

大剣を背負い、それ以外にも斜め掛けのベルトに予備のナイフや回復ポーションが見えた。

彼に言わせれば、低階層のための軽い装備らしい。

「車内からだと整備された道の状態がしっかりとわかりませんので」

一方、メグは勝手がわからず、革鎧《かわよろい》でも……と、準備しかけたけれど、マテウスに裾《すそ》を引きずらないならドレスでいい、手ぶらでいいと言われてしまったので、ワンピース姿である。

元冒険者の教えならば間違いない。考えてもみれば、魔物と戦う手段のないメグを危険な場所に連れていくわけがなかった。

絶対に守るとも言われたけれど、冗談めかしていたので、本当に危険は少ないのだろう。

さすがにドレスはやめて、ワンピース。

アプリコット色の足首丈の洗いやすい生地のもので、重ね履きにした靴下と歩きやすいブーツで足元はしっかりとさせた。

布製の鞄《かばん》には、ハンカチと食料と火打石と水、他は何が必要かわからず、商会でも扱っている冒険者セットは荷物が多すぎな気がしたので置いてきた。

「そこまで真剣に取り組んでくれて感激だ」

「仕事なんですから、当然です」

今回の目的はダンジョンとその周辺の視察。新しい城での生活も慣れたところでメグの方から提案したことだった。

マテウスは以前、凄腕《すごうで》の冒険者だったのでダンジョンについて熟知している。

けれど、メグの方は、冒険者を目指したことなどまったくなかったので、彼から契約を持ちかけられた時に調べた全般的なことしか知らなかった。

今後、ダンジョンの経営をしていくにはせっかくだから現場を知った方がいい。

そう考えての今日の行動だ。

護衛についていくと言ったルージェリーも、今日はマテウスがいるからと説得して、留守番してもらっている。

「俺とはして、デートみたいで嬉しいしな」

「し、仕事ですから……」

マテウスの馬の後ろに乗る形なので、当然、メグの腕は彼の逞しい胴に回し、落ちないようにぴったりと身体をつけていた。

頬を赤くさせつつも、緩めないようにしっかりと彼の身体に摑まり続ける。

馬に乗るのもメグにとってはあまり慣れていない経験だった。

「こ、この辺りの道はこれ以上、手を入れる必要はなさそうですね。しっかりと整備されています。街路樹もありますし」

誤魔化すように、メグは視線を道の外側に向けた。

道にとって、街路樹というのはとても大切。

樹木は根を張ることで道の強度を強くするし、木陰を作ってくれる。

徒歩の場合、または馬車や馬が何らかの問題で止まってしまった場合、燦々《さんさん》と照らす太陽の下で休むのと、木陰で休むのとでは精神的にも体力的にも大きく違う。

何よりも道にずらりと並ぶ樹木は、目に優しい。

「長く使うものだからな。ダンジョンに関することはなるべく切り詰めないようにした」

「それがいいと思います。先行投資にはなってしまいますが、あとで直すと余計に費用がかかるものなので」

道の整備には莫大な費用がかかり、明確な利益を計算し辛い分、削りやすい。マテウスはおそらくそれらに勘で気づいたのだろう。

金貨がいくらかかったかはわからないけれど……聞くのも怖いぐらい。

放置しなくてよかった。これを無駄にするのはもったいない。

「この景色にも飽きてきた頃だろう。少し速度を上げるぞ、はっ！」

「お手柔らかにおね――――」

マテウスが軽く馬の腹を脚で叩くと、速度が一気に上がっていく。

舌をかまないように口を噤《つぐ》むと、メグは必死に彼の身体へ抱きついた。


マテウスが速く馬を走らせたこともあり、最も近い街から三十分ほど馬を飛ばしたところで二人は目的地――――ベグロカに到着した。

「ここがダンジョンの入り口ですか？」

そこは樹木が生い茂る、おそらく整備される前は森の中で、遺跡のような模様が刻まれた古い石の建物が木々に埋もれていた。

警備する兵がいなかったら、見逃してしまいそうなところ。

よく見つけたものだと思う。

「なかなかに雰囲気があるだろう」

胸を張ったマテウスの言うとおり、木々が石の建物に絡みついており、少し不思議でおどろおどろしい雰囲気を醸し出している。

その一カ所に人が一人だけ通れる幅の入り口がぽつんと口を開けていた。

扉は開いているけれど、切り抜いたように真っ黒で、先を窺《うかが》うことはできない。

「ここから入るんですね、少し怖いな」

「そうか？　俺はわくわくするが」

ダンジョン好きとそうでない者の反応の違いかもしれない。覚えておこう。

入り口を見張る兵に挨拶をして、細かく入り口を確認していく。

ダンジョンというのはとても不思議なこの世界の現象で、わかっていることはいくつかあるけれど、その原理はまったくと言ってよいほど解明されていない。

まず、ある日突然、ここのような古い遺跡や洞窟《どうくつ》、山の斜面にそこまでなかった扉が現れる。

扉を開けると先がまったく見えない真っ黒な門になっているのだけれど、勇気を持ってそこをくぐると、ダンジョンに入ることができた。

ダンジョンの中には、煉瓦《れんが》の迷宮から石畳の道、巨大な洞窟迷路や自然が溢れる森まで、明らかに、そこにはないはずの空間が広がっている。

下へ下へと続いていて、階層が変わると不自然なほどがらりと環境も変化した。

そして、ここが最大の謎《なぞ》なのだけれど、ダンジョン内には魔物という外の世界にはいない、生物が生息している。

基本的に魔物の性格は獰猛《どうもう》で、人を見ると襲いかかってくるものが多い。

「しかし……人がいませんね」

ダンジョンの入り口は大抵狭いそうなので、有名なところだと準備をするパーティなどで混むと聞いていたけれど、ベグロカでは行列どころか、まったく人けがなかった。

「うむ、困っている」

魔物が溢れだしたり、盗賊に占拠されて犯罪に利用されたりしないように、ダンジョンを見つけた国は封印するか、警備の兵を置かなくてはならない。

二十四時間なので、三交代ぐらいの兵も必要なわけで、そうすると、待機する小屋や物資の移送も必要で、ここにかなりの維持コストと人手がかかる。

ダンジョンの一番、面倒なところだ。

しかも冒険者で賑わっていれば、魔物や盗賊は冒険者が撃退してくれるので警備兵はあまり必要がないわけで、儲からなければ大幅に赤字が出る仕組みになってしまっている。

「ダンジョンがここにあることを示すために、立派な立て札か石碑を建ててもいいかもしれませんね」

わかりにくい場所に入り口ができるのがダンジョンの性質らしいけれど、訪問者を増やすには、もっと主張しないと。

「名案だ。すぐに用意しよう。この手でベグロカの名をこの手で刻めるとは感動だ」

まさか自分で石碑を彫るのでは……と思ったけれど、とりあえずつっこまずにおく。

「あと、これはずっと考えていたことなのですが、ベグロカの入場料は無料にしましょう」

「まったく取らないのか⁉」

マテウスが驚いた声を上げたけれど、メグには予想どおりの反応だった。

ダンジョンの入場料は、管理する国が安定した収益を上げられるもの。隣国のカザラ王国に至っては、入場料が税収の半分近いという噂《うわさ》。

それを無料にするということは、ほぼ稼げなくなるということになる。

確かに前代未聞のことだったけれど、メグが考え抜いて、今取れる中で一番コストが安く、効果が高いと思われた施策だった。

もともと訪問者はほとんどいないので、入場料を無料にしたところで損害は小さい。

「どんなダンジョンかわからないのに、高めのお金を払うのは躊躇《ちゅうちょ》すると思うんですよ。だから無料にしてしまえば、行ってみようかなと思う人も増えるかなと」

「……うむ、そのとおりだ。カザラ王国のダンジョンに向かう途中の冒険者が通りかかったついでに入ってくれるかもしれないし、駆け出しの冒険者にはいいかもしれないな」

彼の言葉で、最初にヴァーモア王国に来た際に、マテウスが話していたデーガという少年のことを思い出した。

冒険者になるのは他の職業よりもずっと敷居が高い。どこかのパーティに入れてもらい、経験を積まなければいけない。

命がかかっているし、できるだけ効率良く稼ぎたいものなので、どこも新人などパーティに入れたがらないから、よっぽどのツテか幸運がないと新人は拾ってもらえない。

「収益はいずれ街から取れると考えましょう。冒険者が集まるようになれば商取引が増えて、人口も増え、近場の街の税収が上がるはずです」

「そうだな。何事も長い目で見るとしよう」

商人としては、入場料が取れない分の補塡《ほてん》をきちんと別で用意したいところだけれど、今は我慢する時。街の税を上げたりするのは愚策でしかない。

それをわかってくれたのか、マテウスも賛成してくれた。

「ただ、入出の管理は必要なので、ギルドでの登録は義務づけるようにしましょう。通常どおり入場許可証の発行も」

それぐらいなら手数料程度しかかからず、安価なので冒険者の負担にもならないはず。

誰でも入れるダンジョンではなく、望めば誰でも入ることのできるダンジョンを目指す。

「ギルドとの折衝には俺も同席しよう」

「頼みます。その方が通りがいいでしょう」

建国の時からギルドはマテウスの味方だった。

多少の無理も聞いてくれそうなので、そこがこの案件における唯一の頼りどころ。

「では、そろそろ入ってみてもいいでしょうか？」

入念に入り口を確認したメグは切り出した。

「ああ。ただ、事前に言ったように必ず俺の後ろにいろよ」

「約束します」

マテウスに釘を刺されてしまった。

メグは冒険者ではないし、冒険者が使えるような魔法も、戦闘技能もないのでもちろん、前に出たりはするつもりはない。

珍しいものに興奮して、ついついとか絶対にないとは言えないけれど……。

「行くぞ」

なぜかマテウスが、ほれとメグへ手を差し出してくる。

どうやら手をつなげということらしい。

「手をつないだら片手がふさがってしまいますよ？」

至極当然の返しをしたのだけれど、マテウスは首を横に振った。

彼の主力武器は背負った大きな両手剣だったはず。

「だったら、片手で倒せばいいことだ」

有無を言わせぬ彼の答えに、手をつなぎたいだけなのではと思いつつも握る。

満足したマテウスは先にダンジョンの闇《やみ》へと足を踏み入れる。メグも続いて、ダンジョンの門をくぐった。

――これがダンジョン⁉

一瞬パッと光が走ったかと思うと、薄暗い地下でマテウスと手をつないで立っていた。

「へぇ、こんな風になっているんですね」

「ダンジョンごとに違うが、ベグロカ一階層は煉瓦で作られた洞窟だ」

初めてのダンジョンをメグは興味深く見回した。

人工の煉瓦でできた洞窟のようなものは、下に向かって緩やかな坂となっていて、左右に扉が嵌まっていた跡のような奇妙な穴がいくつも開いている。

入り口の石の遺跡とはまったく違うように見えるし、植物の根などもまったくないので、やはり違う場所にパッと移動したように思える。とても不思議。

原理が気にはなるけれど、それは学者の仕事。

商人は気にしない。使い方がわかればそれでいい。

「マテウスはこのベグロカの何階層まで到達したのですか？」

「んっ？　最下層までだが……」

質問の意味が若干わからないかのように、

「えっ!?　一人で踏破してしまったのですか？」

「当然だろう。愛する俺のベグロカだ。とりあえずは一番奥まで行って確認してある」

少し呆れながら、マテウスの凄さを再認識した。

――ただ、それだと……冒険者の旨みが……。

「安心しろ。とりあえず一番奥の部屋まで行っただけで、横道には行っていないし、宝箱には手を出していない。俺の目的はベグロカに潜ることだからな」

「それならよかったです」

冒険者の狙いの一つが、ダンジョンに落ちている遺物。

単なる錆《さ》びたナイフから、どこの国でもない金貨、魔法のかかった貴重な品まで様々で、見つけた者は時に莫大な富を得ることができる。

ただ、比較的浅い層に遺物が落ちていることは稀で、下層でも簡単には見つからない。

――それにしても、この人は宝箱を見つけても無視して進んだのだろうか。

リオネルがダンジョン馬鹿と言っていたのもあながち否定できない……。

「ここは部屋になっているのですか？」

「メグ！　離れろ！」

坂道が続く左右にあるアーチ状にくりぬかれた先をのぞき込もうとした時、マテウスが鋭い声を発した。

「えっ⁉　はい！」

彼の警告に従って、後ろに飛び退《の》く。

手をつないだままだったので、すぐにマテウスが交代するように前へ立つ。穴の先を睨《にら》み付けながら、背負った大剣を取り出して片手で構えた。

――魔物⁉　後ろにいろってあれほど言われたのに……。

「な、何かいました？」

危ない場所だという認識が甘かったと反省しつつも、彼の後ろから前の様子を窺う。

すると、うようよとした泥のような液体が地面を這《は》ってくるのが見えた。

ただ、ゲル状なのでとてもゆっくりとしか近づいてこない。

油断は禁物だけれど、とてもさすがに弱そう。

「スライニーだ」

マテウスが魔物の名前を告げると、大剣を一閃《いっせん》する。

スライニーは見事に真っ二つになって、弾《はじ》け飛んだ。

見る見る地面へと溶けて、消えてしまう。残ったのは小さな爪《つめ》ほどの輝く石。

「これが魔物の宝石……」

メグはマテウスが拾ってくれた宝石をまじまじと見つめた。

向こう側が透けるほど透明度が高く、傷一つない。

これが、冒険者達がダンジョンで収益元としている一番のもの。

魔物の体内にはこのような地中に埋まっているものとは違う、特殊な宝石が埋め込まれていて、倒すことで取り出すことができる。

宝石はそれ自体が魔法を増強する効果を持っていたり、加工して装備品にしたりもできるけれど、軽くて強度があるので冒険者以外にも有益で、とても需要が高い。

強い魔物からはより大きな宝石が獲《と》れるので、凶暴な魔物に挑めばそれだけ冒険者の得るものも多いということで、命を落とす者が絶えない。

他にも、一般的な動物と同様に魔物も種類によっては皮や肉、骨などを生活に活用できるので、持って帰って売る冒険者もいるらしい。

「低階層の魔物の宝石はこんなものだ」

「これだとポケットにいくつも入りますね」

軽いので銅貨を持ち運ぶよりも邪魔にならない。逆にお金なんて持って入ると邪魔？

――――なんか、よいこと考えついたかも。

「少し潜ってみるか？　もちろん、俺から離れないことが前提だが」

「お願いします！　せめて別の階層も一目、見てみたいです」

「承知した」

今度はずんずん進むマテウスの背中から離れないようにする。

坂をずっと下って、何度か左右に折れると、突き当たりに下へ向かう大きな階段が現れた。

階段の中は暗く、先の様子は窺えない。

「これが二階層の入り口だ」

ぎゅっとつないだ彼の手を握りしめて、踏み外さないように階段を慎重に下りていく。

するとやがて光が見え始め、先ほどとはまったく違う、新しい場所に出た。

「今度は……森？」

人工的にも見えた一階層と違って、二階層は自然に溢れていた。

天井を見上げると、とても高くて微《かす》かに光っている。一階層よりも明るくて、もちろん太陽はないけれど、ここが地下だとはとても思えない。

「ここにはどんな魔物が出るのですか？」

「ダンジョンの見た目同様、動物タイプだ。一階層のスライニーは生き物を見つけるとゆっくり寄ってきて溶かそうとするが、ここの魔物は比較的大人しい。自ら人へ近づくものは少ない。

怒らせるようなことをすると群れでやってくることがあるので注意だが、その分狩りやすい」

丁寧にマテウスが説明してくれたことをメグは頭に入れた。

魔物にも習性の違いがあるのは、ちょっと意外。人を見つけると襲いかかってくる印象だったけれど、スライニーはとてもゆったりとした動きだったし、低階層は違うらしい。

「でしたら、休憩にしましょうか。少し考えついたこともあるので」

戻ってから話してもいいけれど、現場で考えた方がまとまりやすいかもしれないと思い、メグは提案した。

「わかった。野営の用意をしよう」

マテウスは手慣れた様子で倒木と枝を集めてくると、焚《た》き火と簡易の丸太椅子を用意してくれた。大剣とナイフを使い分けて、パパッとアウトドアしてしまう。

さすが元冒険者。魔物を一撃で倒した時もだけれど、頼りがいを感じて、恰好《かっこう》いい。

「安全なダンジョンについて考えてみました」

「なにっ！」

メグの言葉に、向かいに座るマテウスが身を乗り出してくる。

「結論から言うと、死亡者をゼロにすることは難しいですが、限りなく少なくすることは可能だと思います」

「本当か⁉」

頷くと、いくつか考えついた安全性を高めるアイディアを説明し始めた。

「まず、回復と救援をセットにしたサービスを始めようと思います」

冒険者が死亡する原因の一つは、ポーション切れ、もしくは節約による計算違い。あとは毒や麻痺などの状態異常などが多い。

つまりは冒険者達もプロなので、回復が万全ならば、命を落とすまでは無理をしない。

「このサービスに入れば、何度でも入り口で、無料でヒーラーから回復魔法を受けることができますし、一日に一度だけ救援を依頼することができます。ちなみに救援された方はその日、ダンジョンに戻れません」

魔法の道具か何かで、要救助者が自ら信号か通報かをできるといいのだけれど、それは今後。ソロで挑む者でなければ、危険な状態に陥った場合、仲間が入り口まで助けに戻れるはず。誰か一人が逃げて、とりあえず時間を稼げば生き延びられると知れば、生存率はきっと上がる。

回復役や救援役は、最初はマテウスのツテで引退した冒険者を紹介してもらう。もしくはマテウスに行ってもらう。軌道に乗れば、それなりの給金を出して専用の人をギルドから紹介してもらえばいい。

「加えて、回復薬のセットをできればダンジョンの入り口で店売り程度の価格で売ります。こうすれば、なくなったらすぐに買いに戻れますし、回復薬の買い忘れも防げます」

このセット売りのミソは回復薬をまとめてしか売らないこと。

毒消し薬はあまり出番がないからいいか、などと思う人にも強制的に買ってもらえる。

「ふむふむ、素晴らしい。俺では考えつかんことばかりだ」

じっくり考えてからマテウスは頷いた。どの案も大丈夫そう。

「これらを実行していけば、徐々にですが、効果は出ると思います。他にもギルドでお金と荷物預かり所の開設など細かなアイディアはありますが……それはもう少し詰めてから提案したいと思います」

預かり所は宝石を見た時に思いついたこと。

けれど、細部の検討がまだ必要そうなため、ここでは詳しくは言わない。

さらに言えば、詩人とギルドを利用した各国への宣伝の施策、人寄せ用のイベントの企画、ダンジョンに関する店の援助・資金貸与などなど、色々と考えつきはしたけれど、コストや効率を徹底的に検証してから出したい。

「なら、そろそろ地上に戻るか？　俺なら考えがまとまらない時にダンジョン入って思案したりするが、お前なら机の上の方がよいだろう？」

考えながら探索とか、普通なら危険すぎる。

この人が規格外である意味よかった。

「いえ、可能でしたらもう少し奥まで行ってみたいです」

「俺は構わない。お前とのデートは長い方が嬉しいしな」

恥ずかしい返しをされつつ、メグはマテウスとまた手をつないで探索を続けた。

結局その次の三階層まで行ったところで、遅くなってしまうので戻る。

ちなみにマテウスは最後まで魔物を一撃で倒していた。

この人には回復薬とか必要ないのかも……。


ダンジョンから戻ったメグは、城に用意してもらった自分専用の執務室に籠もり、羽根ペンを走らせて、さっそくあれこれと思案にかかっていた。

「アイテムのセット販売は、小さなお店にした方が後々いいかも。宣伝は……マテウスを精一杯利用した方がよいからイベントかなあ」

部屋はもともと第二図書室だった場所で、本棚に囲まれた部屋の中央に大きめの木の机と椅子を用意してもらった。

本からするインクの香りを嗅いでいると、落ち着くから不思議。

「握手会？　はなんか違う気がする」

羊皮紙の上をさらさらっと羽根ペンを泳がせては横線で消す。

少しでも無駄にしないように隙間という隙間に書込んでいくので、気づくと真っ黒になっていることも少なくない。

「ダンジョン最速探索イベントとか？　チェックポイントを設けて、そこを回る感じ。うーん……マテウスが一番喜びそう」

やる気満々の特別ゲストであるマテウスが真っ先に戻ってくる図しか浮かばない。一人でくすりと笑う。

──なんだかこんなに仕事を楽しんだのって、初めてかもしれない。

不謹慎だと思いつつも、あれこれ考えるのは楽しくて仕方がなかった。

最初は契約を完遂して、離婚するため……のはずだったのに。

今ではマテウスが喜ぶ顔が見たくて、頑張ってしまっている。

そんな風に役立つことをするのが、メグの喜びでもあって──。

「…………」

メグは羽根ペンを机へコロンと転がした。

──ああ、どうしよう……。

「離婚、離婚を目指しているのだから、まったりしてはダメ……」

自分には目的があるはずだ──と、メグは首を横に振る。

気づけば、定住しそうな勢いであった。

正直なところ──。

契約でうっかり結婚のはずなのに、新婚生活楽しいです……。

だって、この部屋の居心地は最高で、椅子と机の高さもメグによくあう。

机で考え事をずっとしていても疲れないのは、メグのことをよく考えて家具が用意されたからだ。

マテウスとの会話も、食事や外出は一緒だけど、書類に向かって集中している時は、放っておいてくれる。

何にわずらわされることなく、ベグロカのことを考えることができて、ついでにマテウスが喜ぶことまで考えてしまうのだから、環境は最高であった。

ついでに、ヴァーモア王国はお茶もお菓子も美味しくて。

空気も美味しくて、広大な大地の上で広々と移り変わる空の色も綺麗で――。

メグが書類中に〝マテウスにちょっと聞きたいな〟ということがあって執務室から出ると、ワンコみたいに彼がすぐ現れるし……。

――ああ、考えたら、顔見たくなってきたかも。

「っ……仕事です」

――ダメだ。呑み込まれるな、私！

依頼者を好きになりかけている……たぶん。

結婚している環境で、あんないい人が夫なのだから惹かれるのは仕方ない……と、思う。

悪いとは思わないけれど、実際に楽しいのだから仕方がないのだけれど、土台が揺らいでしまったようでモヤモヤしてしまう。

メグが目指しているのはベグロカの成功だ。

早期終了条件として、一年間黒字が続けば契約終了、それによる離婚！

だから、ダンジョン経営を何としても成功させなければならない。

考えるべきはマテウスのことではなく、ダンジョンのことだ。

マテウスの胸の温もりではなく、わくわく冒険である！

「イベント……ハグイベント？　あぁ……考えが……まとまらない……」

頭を抱えて俯く。

まとまらないのは気持ちだとつっこみつつ、この際一緒だと言い訳する。

「こういう時は――――」

メグは仕事に必要な七つ道具の入った鞄を引き寄せた。

算盤や天秤《てんびん》、巻き尺などが入っているけれど、中に一つだけ実用的でないものが入っている。

それを取り出すと、耳へかけた。

「今必要ないことは、今考えない。仕事に集中する！」

先ほど曲がってしまった背中がピンと伸びて、机に向かう。

メグのそのきりっとした顔には、眼鏡《めがね》がかけられていた。

といっても、この世界のメグは目が悪くないので度は入っていない。前世でつけていたのと似たものを作らせて、昔からお守り代わりに持っていた。

どうしても弱気になったり、迷ったりした時にこうしてかけると、気持ちが奮起するのだ。

経理のお局様だったあの頃を思い出して――――。

『これは経費として認められません！　領収書の締め切りも過ぎています！』

『忙しくて、時間がなくてさ。今回だけ勘弁してよ』

提出期限を大幅に過ぎた伝票を男性社員に突き返す。

『会社の経理として、貴方だけ例外を認めるわけにいきません。きちんと守っている人もいるのですから、できるはずです。時間をやりくりして次は期限内に持ってきてください』

きっぱりと言われ、がっくりと肩を落とす男性社員。

自分の仕事に誇りを持っていたし、ダメなものはダメだと社長でも断っていた。


あの時よりもずっと仕事の幅は大きいけれど、気概は一緒。

――――集中して暗くなる前に終わらせよう！

宣伝はいったん眠らせて、先にダンジョン周りのサービス商品を詰める作業から。

眼鏡の中心を中指で上げて角度を整えると、両サイドを指できゅっと耳へ押し込んで、しっかりと装着する。

そうして準備を整えて、顔を上げた時だった。

「メグ、あまり根を詰めるとよくないぞ。ほら、これで――――」

目の前には、おそらくルージェリー辺りに淹《い》れてもらった紅茶のカップをトレイに載せたマテウスが立っていた。

眼鏡をかけて気持ちを集中させることに気を取られて、彼が入ってくるのに気づかなかったらしい。

彼は動きをぴたっと止めて、目を大きく見開いている。

――見られた！

「わわっ、これは……」

驚いて立ち上がり、慌てて眼鏡を取ろうとするも、その手をマテウスががっしりと掴む。

彼の手にあったはずのトレイは、机の上へいつの間にか置かれている。

「じっくり見せてくれ。その姿、すごくいいぞ。すごくいい」

じっと眼鏡姿をマテウスに鑑賞されてしまう。

普段は誰にも、ルージェリーにもあまり見せないのでなんだか裸を見られている気分で、気恥ずかしい。

「このぐらいで勘弁してください」

逆の手でさっと眼鏡を取る。

それでもマテウスは至近距離でじっとメグを見つめていた。

「眼鏡を取ってもメグは可愛らしい！　だが……もう一度眼鏡をかけてみてくれ。もう一度だけでいい」

懇願されてしまい、仕方なく、もう一度眼鏡をかける。

「眼鏡のメグはやはり可愛らしい！　いいな、とてもいい」

「どっちでも私ならいいんじゃないですかーっ！」

恥ずかしのあまり、思い切り突っ込んでしまう。

「うむ、その叱《しか》る感じもいいな。とても新鮮だ」

なんだか色々な男の人の願望が眼鏡で引き出されてしまったみたい。

――――眼鏡にこんな力まであるなんて……じゃない！

マテウスがいつも以上に熱い視線を向けている気がする。

「紅茶ありがとうございます。ちょうど一息というか、今日は切り上げようと思っていたところで助かりました」

「今、猛烈に抱きたい」

「うぅ……」

必死に誤魔化そうとしたけれど、無駄でした。

「このままで、こんなところでですか？」

一応尋ねると力強く頷かれてしまう。

――――二度目で、執務室とか、急ぎすぎではありませんか？

普通の恋人同士がどんなステップを踏んでいくのか、まったく知識はないけれど。

「まだ心の準備ができていないので、今度に――――んっ！」

よっぽど興奮させてしまったのか、マテウスがいきなり唇を奪ってきた。

「あ、ん……まだ……いいって……言ってない……のに……」

力なく、キスする唇から言葉がもれる。

ここまで好きだと求めてくれるのは、嬉しいのは嬉しくて。

興奮させてしまったのは、自分の不注意に違いなく、マテウスを強く拒絶することなんてできなかった。

「ん――――あ、ん、ん……」

初めての時と違って、押し付けるようにマテウスの熱い唇が襲ってくる。

――苦しい……けど……気持ち……いい？

興奮した彼の熱を移されて、すぐさま頭の中がぼーっとしてきた。

正常な判断力がなくなってしまう。

「あんっ、んっ……ああ……だ、めっ……」

キスをしながら、マテウスはメグの背中に手を回した。

そして、着ていたアプリコット色のワンピースの紐《ひも》を緩めてしまう。さらに、さっと後ろに回ったかと思うと、後ろから開いた胸元に手を入れてきた。

最初の優しさとは正反対の野獣っぷりで、メグは逃れることができない。

「あ、あっ……だめっ……あ、ん――――」

誰も来る予定はないとはいえ、使用人達が通るかもしれない。

胸を大胆に揉《も》まれて声を上げそうになったところを、慌てて唇をぎゅっと結んだ。

「ん、んっ……んっ……」

ワンピースの中に入ってくるマテウスの腕は、とても淫らに動いて胸を愛撫していく。

乳房を大胆に鷲《わし》づかみにすると、揺するようにして揉みだした。

力が抜けていくような感触と、身体が芯から火照っていく。

彼に触れられている部分が熱を持つ。

――二度目……このまま……されてしまう……。

もうメグは覚悟するしかなかった。

マテウスの手はより淫らな場所を求めて、動いていく。

胸の先端に触れるまでほとんど時間はかからない。

人差し指と親指でツンとしたそこを捕まえると、ギリギリ痛くないぐらいの力加減で締め付けてくる。

「……あっ！　ん、んっ」

鋭い、痛みに近い刺激が襲う。

身体がびくっと反応して、淫らに震えてしまった。

立っているのが辛くて、机の上に手を突く。

「メグ……可愛い。いつもと違う魅力にやられた……」

――こんなにマテウスが反応してしまうなんて……。

後悔したところで仕方がない。

熱い吐息が後ろから降ってきて、首元にキスされた。

くちゅっと唇をつけて、熱い息を吹きかけられるので、ゾクゾクとしてしまう。

「今日は……我慢できない……」

――――してください。せめて抑え気味でお願いします。

マテウスが暴走しすぎないことを願ったけれど、無駄なことはわかっていた。

早くも胸の愛撫の先を探し始めた片腕が、別のところからワンピースに侵入してくる。

「あっ！　だめっ……」

すでに熱くなっている彼の手が、ワンピースの中にいるはずの腿に触れる。

少しだけその感触を楽しむように撫でると、上へと動き始めた。

「……あっ……あっ」

焦らすように一度通り過ぎては、逆の腿に触れて、再度、今度は肌着の端を彼の手が捉えた。

すっと腿へと下ろされ、そこからは勝手に足元まで落ちていく。

代わりのように、すぐ彼の大きな指先が秘裂に伸びた。

まだ蜜で濡れていないそこを丹念に触れていく。

「は、あっ……あっ……」

そんなことをされては、疼《うず》いてしまう。

マテウスの指は露わになった秘部の入り口の周りを擦り、さらには敏感な場所を見つけてしまった。

「ひゃっ！　ぁ、ん……だめ……そこ……本当に……んっ！」

唇をぎゅっと結ぶも嬌声が溢れ出す。

花芯《かしん》を触られたからだった。少し触れただけで腰がびくっと震え、胸の蕾よりも強い快感と刺激が襲ってくる。

「あ、んっ、ん……だめって……言ってるのに……」

マテウスは弱点を見つけたかのように、執拗《しつよう》に花芯を責めてきた。

何度も腰がびくっびくっと震え、手を突いている机がガタガタと鳴る。

数回擦られただけで、たっぷり愛撫されたように蜜が溢れだしてきてしまう。

――こんなところで……立ったまま……なんて……。

恥ずかしさに震えていると、マテウスの唇が耳元で囁く。

「このまま、つながりたい」

だめだと首を振ったけれど、やはり今の彼は止まらなかった。

マテウスが身体をさらに寄せ、背後から押し付けてくる。

脚を閉じたけれど、そんなことは些細《ささい》な抵抗で、ワンピースの裾が捲り上げられ、熱杭がすぐに腿の間を通り、秘部にまで届く。

――どうして？　そんな正確に来るの？

疑問というか、文句が浮かんだけれど、次には挿入の刺激に震えた。

「あ、あっ……あっ……」

ぐっと押し込まれた熱杭がずぶっとメグの中へと入ってくる。

半分ほどがすぐにマテウスの熱に侵され、密着し、熱くなっていく。

体位が違うだけで、まったくと言ってよいほど感じ方が違うなんて思わなかった。ベッドでの行為よりも、深く、刺さる感覚が強い。

――この間よりも……大きくて……熱いのは……気のせい？

ひりひりとするほど、肉杭は膣壁を押し広げている。

二回目なのに、息苦しくて、けれどそれが気持ちよくもあって……。

――もしかして感じてる？　私……。

「あ、あ、あっ……」

一度気づいてしまうと止まらなかった。

マテウスの熱杭がありありとわかり、膣襞で締め付けてしまう。それの刺激は大きなものだけれど、じんわりと熱く、気持ちよさも感じる。

――だめっ……淫らな身体になって……る。

必死に声を抑えるも、それもいつまで我慢できるか自信がなかった。

「あ、ん……ん、ん、ん……」

さらに奥まで熱杭が入ってくると、一気に彼の腰が動きだす。

それは最初から激しくて、お互いのものを擦り合わせるような感覚だった。

「んっ……あっ！　ん、んっ……ああっ！」

やはり抑えきれなくなった、艶っぽい吐息が唇から勝手に溢れていく。

マテウスの腰の動きは駆け上るかのように速くなって、膣奥まで肉杭で貫いた。

「あ、あっ……あっ！　ん、あ、あっ！」

腰ごとぶつけられるぐらいに力強く、抽送される。

こつこつと先端が何度も一番奥をノックしてきた。

激しい行為に二人ともうっすらと肌に汗をかき、触れる部分が吸い付いてパンパンと淫らな音を立てている。

蜜もすでに二人の隙間を満たし、くちゅくちゅとかき混ぜられていた。

——あ、あぁぁ……何も……考えられなくなっていく……。

インクの香りと独特の性の匂いが混ざりあい、メグの思考を溶かしていく。

「んっ、あっ、んっ、ああっ、あっ！」

奥を突かれるたびに、嬌声がもれる。

二人の境界線が薄くなっていく感覚に陥っていた。鼓動も体温も共有していて、溶け合うように一つになっていく。

「あ、う、ん、んん……」

快感と刺激に負けて、メグは机の上に上半身を預ける。

ワンピースの紐を緩められ、抽送で身体を揺さぶられたので、いつの間にかずれ落ちて胸元からは乳房が露わになってしまっていた。

机に押し付けられ、胸が押しつぶされてしまう。

「あっ！　あっ！　あっ！　ああっ！」

一段とマテウスの行為が激しくなっていく。

同時に彼の腰つきが乱れ始めていた。角度も強さも、抑えが効かないようにバラバラになっていく。それが逆に構えたり、慣れたりすることができずに刺激を強くしてしまう。

――だめ……もう来る……。

ついに強い衝動が身体の奥から溢れだしてきた。

意識した時にはもう抑えることができないほど大きくなって、手から流れ落ちていく。

「あっ……んんんっ……ん、んっ……ん……」

頭を上げて顔を上に向けると、背中を反らして、メグは達してしまった。

ほぼ同時にマテウスも抽送を止めて、欲望を解放するのがわかる。

二人ともびくびくと身体を震わせあい、熱い吐息を吐く。

マテウスに後ろから抱き締められ、メグは呼吸が整うまでの間、余韻を感じながら思った。

――彼の前でしばらく眼鏡は禁止！　禁句！

※　※　※

マテウスは余韻に浸る中でメグの可愛さに我慢できずに、襲うようなことをしてしまったことに気づいて、ハッとした。

「すまない、眼鏡のメグは可愛すぎた。普段はそうではないとかではなく」

謝罪とともに抱き締めて、許しを求める。

「少し激しすぎです……けど、男の人はそういうことがあるらしいので、今回は許します」

「ありがとう、メグ。お前は俺にとって最高の妻だ」

ぎゅっとメグを後ろからもう一度抱き締める。

しかし、本当に眼鏡をかけたメグには驚いた。

普段のメグの顔も好きだ。あの大きな目はとても可愛いし、愛らしい唇も大好きだ。

しかし、それが眼鏡をかけることでさらに好きになるとは思わなかった。

いや、もともと好きなのだから、好きとは違う。

こう、自分の奥底に何を訴えかけるような、鼓動が速まるような、熱を持つような……上手く言葉にできないことが起きて、気づいたら唇を奪って、身体を合わせていた。

前にパーティメンバーが雑談の中で言っていた、いつも男みたいな女戦士が休日にふと私服になった時にヤられるというやつか？

いいや、そんなものとは次元が違っていた。

ぽっと出の普通のダンジョンと伝説の無限ダンジョンぐらい違う。

どうみてもあの眼鏡は何の変哲もないものだったけれど、魔法並みに俺の心を捉えて、魅了してきた。

そう、今も後ろから見るだけでも目が離せなくなり、血が滾《たぎ》ってくる。

「あの……マテウス……？」

「んっ？」

眼鏡メグの魅力を追求するあまり、マテウスはまだメグとつながったままだった。

「なんだか、また大きくなったような……」

耳まで真っ赤にしながら、メグが口にする。

これも可愛い。とても可愛い。

――ああ、いかん。

「あ、いや、これは……顔を見ていたら、もう一度欲情してしまったようだ」

誤魔化すのは男らしくない。

マテウスは素直に説明した。

「えっ⁉　もう一度ですか⁉」

正しく状況を伝えただけだが、どうやらこのままもう一度したいとメグは思ったらしい。

間違ってもいないので、否定するのもおかしい。

彼女の体力が心配だが、頷く。

「もう一度お前を抱きたい」

「あ、う……もう……今日は好きにしてください……」

観念したように、呆れ顔のメグが小さな声で呟く。聞き逃したりはしない。

——その顔もいい、惚《ほ》れる。

ごくりと唾を飲み込むと、マテウスはメグの許可を得たので、再び腰を動かし始めた。

今度は欲望に支配されないよう、自分を抑えながら、彼女を壊さないようにゆっくりと。

「……あっ……なんだか……それ……だめっ……あっ！」

メグが甘い声をもらす。これが気持ちいいみたいだ。

腰を回すようにして、ゆっくり奥までお互いのものを感じあっていく。

「あっ……あっ……あっ……」

激しさがなくとも、一度達した身体はお互いに敏感になっているらしい。

抽送を速めなくても、ぶつけるようにして突きださなくても、衝動がゆっくりと徐々に込み上げてくる。

熱が集まっていく。

「あぁぁ……マテウス……すごく……変な感じ……もう……だめっ……」

彼女も同じように絶頂へ駆け上っていくのがわかる。
肉杭がメグによって強く締め付けられた。
包み込むようにメグの身体を抱き締めながら、腰を滑らかに動かす。
「あああ……んんっ！　んっ！　んんぅ……」
同時に達し、お互いがお互いを締め付けながら一つになる感覚に震えた。
——幸せだ。

【第四章】二度目の人生で幸せの上書き始まりまして？～過保護な看病と前世～

視察から一週間、メグはマテウスと何度か相談し、議論した結果、ダンジョン・ベグロカ経営改善計画――通称ベロニカ計画を無事、完成させていた。

彼は決して、任せきりにせず、メグの提案に向き合ってくれた。妥協できない点は主張し、そうでない点は譲ってくれる。

とても仕事のしやすい、理想的なよいクライアントだったと思う。

計画書がまとまった時には、大きな達成感が込み上げてきたけれど、まだ何も達成していないと自分達を戒めた。

そして今日、その計画の第一歩を踏み出すため、メグとマテウスはヴァーモア王国の首都というか城の近くにある建物へ足を運んでいた。

近いので馬車などは使わずに二人で歩いてきたのだけれど――――。

「ひゃっ……いきなり止まらないでください」

ラベンダー色の袖《パフスリーブ》が膨らんだドレスを着ていたメグは、前を歩くマテウスに危うくぶつかりそうになって悲鳴を上げた。

胸元で交差しているいくつものレースリボンが揺れる。

「すまない、目的地についた」

マテウスはシャツに琥珀《こはく》色のベストに、王様ならぬ、領主様――――っぽいクラヴァット、がっしりとしたオリーブ色の上着。

ギルドまでの道では、お忍びの気でいる恰好《かっこう》だけれど、顔からして王様バレバレだった。

「……ここがギルドですか？」

立ち尽くすメグは、ギルドを示す剣と杖との鉄の看板が吊《つ》り下げられているのを見ても、尋ねずにいられなかった。

四角い平屋に大きな三角屋根を載せただけという感じの建物。

一応壁は白く塗られているけれど、すでに灰色っぽくくすんでいる。屋根も同様。

施設というよりどう見ても民家、というか山小屋？

メグの知っているギルドは、入りやすくするために入り口を広くしたどーんと大きな館だったけれど、これとは大違い。

「まだ小さなギルドだからな。古い民家を改装して使っている。親しみがあって俺は好きだ」

人やペット捜しから、早馬の手配、魔物や凶暴な動物の討伐依頼まで、ギルドの仕事は大小あって多いはずだけれど、ヴァーモア王国にはまだ冒険者が少ないので規模が小さいのかもしれない。

国民からの頼み事は、マテウスが片っ端から解決してそうな感じもあるし。

マテウスに言われてみると、確かに地方の郵便局みたいな感じもする。

「失礼します」

入ると、先ほどの自分のたとえがとても的確だったと思った。

暖炉があってほどよく温かく、部屋の半分はカウンターで区切られている。壁には依頼中の案件を貼っているボードがあちこちにあって、ぽつぽつとだけ貼られていた。

基本的な回復薬の販売なども行っているので、よく整理されているけれど、ものが多くて、狭めの印象。

——ギルドってこんな感じなんだ。

商館にいた時に、シュテラファン王国のギルドを外から見たことはあったけれど、一度も機会がなくて、中に入ったことはなかった。

一とおり見学していると、カウンターの中に座っている若い女性と目があう。

「いらっしゃいませ」

にっこりと微笑《ほほえ》まれ、メグも軽く会釈を返す。

彼女は紺色のワンピースを身につけていて、腰には格子縞《じま》の布が重ねられていて、さりげない飾り気がある。

ふわふわとした長い亜麻色の髪に、茶色の瞳。

とても人がよさそうな、おっとりとした印象である。

「また、灰色熊が近くで出たのか。この時期は危険だ。緋《ひ》色になる前に追い払わないとな……

今日はこれを受ける。ファビエンヌ、手配を頼む。依頼料は半分でいい」

「はい、マテウス様。いつも助かります」

ボードにピンで貼られていた依頼の紙を慣れた手つきで取ると、受付に差し出す。

――――そっか、あそこの依頼内容を書いた紙を冒険者が持っていって受付すると受諾する仕組みなのね。複数人受けると、報告が早い者勝ちになってしまうものね。

ギルドの依頼制度について、興味深く観察……。

「じゃなくて！　マテウス、依頼を受けに来たわけではありません！」

「……あっ、つい、いつもの調子で。すまない」

どうやらギルドを通して、マテウス自身が困り事を片付けているのは本当だったみたい。

さすがに王自身が動かなくて済むように早く冒険者を呼ばないと。

「依頼はキャンセルしますか？」

「いや、優先度が高い。このあとで時間を見つけてやっておく」

「畏《かしこ》まりました。少しお待ちください」

二人のやりとりにも動じず、ファビエンヌと呼ばれた女性はてきぱきと事務処理をこなした。

おっとりだけれど、仕事ができるタイプとみた。素敵！

タイプがだいぶ違うけれど、親近感がある。

「では、手続き完了しました。気をつけて行ってきてくださいね」

「感謝する……あっ、いや、ギルド長のティメオをお願いできるか？」

微笑んだファビエンヌに見送られて、危うく出ていこうとするマテウスを、メグは無言でその袖《そで》を引っ張って止めた。

たぶん、何十回と繰り返してきたことで、完全に刷り込まれた無意識な行動なのだろう……。

「わたしですか？」

名前を呼ばれたことで、カウンターの奥から男の人が姿を見せる。

見せたというか、数人しか職員のいない小さなギルドの中なのですぐそこで作業をしていた。

「ティメオ、久しぶりだな」

「ご無沙汰しております、マテウス様。国としてギルドに依頼か何かでしょうか？　あいにく現状ではあまり大きなことは……」

少し困ったようにティメオが苦笑いをする。

彼は魔法の使い手なのか、オリーブ色のローブを身にまとっていた。ゆるりとした服であるのに、細い首が見えて、痩《や》せ型に見える。

「依頼ではないのだが……まあ、相談だ。話を聞いてもらいたい」

「では、奥へ案内いたしますので。ファビエンヌ君、お茶の用意をお願いできるかい？」

「はーい、わかりました」

ファビエンヌは席を立つと、他の女性に交代して奥へと姿を消した。

「ほわっとしてますが、ああ見えても彼女がこの中では一番優秀でして。同席しても構いませんでしょうか？」

ティメオが奥の部屋に移動しながら尋ねた。

「無論、問題ない」

「ありがとうございます。よかったぁ」

一人ではマテウスと話すのは不安だったのだろうか、ティメオが思わず安堵《あんど》の声をもらす。

確かにこの二人だと、ぐいぐい来るマテウスにギルド長は押されそう。

カウンターの一番右側の板を外して中に入ると、机が並んでいて、その奥に会議室らしき部屋があった。

ただし、四人が入るといっぱいになるぐらい狭い部屋。

「このようなところで、すみません」

「いや、話を聞いてもらうのはこちらだ。気にしないでくれ」

マテウスの態度はとても丁寧なのに、怯《おび》えるようにティメオは目を伏せている。

やがてファビエンヌがお茶を全員の前に置いて座ると、まずお互いの自己紹介から始まった。

「彼女はメグだ。妻とダンジョン経営のパートナーをしてもらっている。あと恋人だ」

最後のは余計だった気がするけれど、空気が読める二人なので何もつっこまない。

「これはこれは王妃様でしたか。ご挨拶《あいさつ》が遅れたこと、お許しください」

「気にしないでください。これから宜《よろ》しくお願いしますね」

過剰に反応しないように、メグも商売用の笑顔で返す。

「まず冒険者の登録数はどうなっている？」

「残念ですが、まだ五十人にも届きません。活動している者となると……」

ほとんどいない、ということだろうか。

これではマテウスが忙しくなったら、国民達が困ってしまう。

「新規のダンジョン目当ての冒険者が集まれば、と思っていたのですが、登録者数は思ったよりも伸びが悪く……」

ティメオが汗を拭《ふ》きながら、必死に説明する。

まるで責められているかのような様子で、こちらが少し申し訳なくなってしまう。

「どうやら、あまりよいダンジョンではないという噂《うわさ》も出てしまっているようでして」

「ベグロカに限って、そんなことはない！　あそこは最高級のダンジョンだ！」

興奮して、マテウスがガタッと席を立つ。それにティメオがひぃと怯えた。

「マテウス、冷静に。冒険者は情報に敏感だからだと思います」

この世界で情報とはつまり噂が大部分。

真実性が薄いのだけれど、頼らざるを得ないのが現状だ。

だからこそ、公の機関からしっかりとした情報を流してもらうこともこの計画にはきちんと組み込んである。

「冒険者が集まらない現状を打破するために、今回、私とマテウスとでダンジョン・ベグロカについて改善計画を立ててきました。その中でいくつかギルドにお願いしたいことがあって伺った次第です」

「王妃様は元、大きな商会の代表だったとお聞きしましたが……今、このギルドの予算はかなり限られておりまして。ご協力したいのはやまやまなのですが」

さっそくやんわりと話を断る方向に持っていこうとする。

波風をあまり立てたくないタイプなのかも。

「心配するな。かかる金はもちろん、人材も足りなければ国から派遣する。これに国とギルドの命運がかかっていると言っても過言ではない」

マテウスはきちんと重要なところで、重要なことを言ってくれるので助かる。

やはりメグが言うより、王の言葉の方が説得力があるだろう。

「ティメオさんもこのままギルドが撤退になったら困りますよね？　チャンスですよ？　もし失敗しても責任持ってギルドの全員は国で再雇用しますし」

さらに商人で培った交渉術と人間観察で、相手の痛いところをやんわりと指摘しながら、さらに逃げ道も用意する。

この手の保守的な人は、自分と組織にリスクがないとわかれば協力的になるもの。

「マテウス様、それは本当のことでしょうか？」

あくまでも控えめにティメオが尋ねる。

「国では人が足りない。今すぐにでも来てもらって構わない」

「でしたら、お願いします。精一杯ご協力させてください。実は……その……この国に移る時はしぶしぶだったのですが、食事は美味《おい》しいし、物価は安いしで、家族共々かなり気に入っていまして。できれば永住したいなと」

――――協力者、確保！

新しいギルドの長に指名されたぐらいだから、きっとティメオさんは仕事ができるはず。

そして、ベグロカ計画の第一歩は地元のギルドを懐柔、もとい協力を取り付けることから始まる。

「では、計画案を説明させていただきますね。一から二十まであるのですが、ギルドに関係のあるところをかいつまんで説明を――――」

それからメグはギルドの二人に時々質問を受けながら、考えた計画を説明した。

入場料を取らない代わりに、冒険者に荷物とお金の預かりサービスを始めること。

回復と救援保険サービスの説明と積極的な勧誘。

低層階のマップと攻略情報を記した冊子――――ベグロカ通信を販売、ギルドにて無料閲覧。

そして、それら手数料をギルドの新たな収益としていいこと。

さらにギルドには広告塔になってもらう。

今の悪いダンジョンという噂を払拭《ふっしょく》するためにも、新たに行うことを簡潔にまとめ、各国のギルドに情報を流してもらう。

「どれもこれも今までにはないものですが、冒険者にとって嬉しいことばかり。すごいですね。これを王妃様が……さすが大きな商会の代表を務めていらっしゃっただけある」

「マテウスの助けがあったからです」

どうやらよさは理解してもらったらしい。

ほっと胸を撫《な》で下ろす。

「ファビエンヌ君、どうかな?」

ティメオは横に座るファビエンヌに尋ねた。

最初に説明されたように、彼女を頼りにしているようだ。

考えるようにゆっくりと首を左右に揺らしてから、ファビエンヌは意見を口にした。

「そうですねぇ……どれもこれも現実性が高く、効果も高いと思います。特にギルドに対価を払って情報を流すというのは、とてもいいですわー。各国にある組織で横のつながりのある公的なものは、ギルドぐらいですもの。信頼性の裏付けは必要ですけど……この件だけでなく、流行《はや》りそう。どこも試しにって、協力してくれると思います」

ゆったりとだけれど、しっかりとした意見が返ってきた。

どうやら二人とも異論はないみたい。

「では、すぐに上に上げてみます。全ギルド長の承諾が必要な案件ですが、マテウス様と王妃様の案だと添えておけば、誰も文句は言わないでしょう。たぶん、半数は読まずにサインするはずです」

さっそく報告書を作るようにティメオがファビエンヌに指示する。

「宜しく頼む」

「こちらこそお願いします」

マテウスは立ち上がると、ティメオと握手する。ちょっと痛そう。

「全ギルドの承諾が出たら、連絡はこまめにしていきますので」

「窓口はファビエンヌで、その方がわたしより理解が速いと思いますし」

苦笑いしながらティメオが答える。

彼女の優秀さを全面的に信頼しているのだろう。上司としてはよいタイプかもしれない。

――――やった！　これでダンジョンの黒字化に一歩近づけた気がする。

喜んでギルドを出ようとカウンターの外まで来た時、慌ただしく扉が開いた。

「大変！　大変よ！　大変なのよ！　ああ、よいところにギルド長さん」

「レノラさん、どうしたんです？」

とても慌てた様子でおばあさんがギルドに駆け込んできた。

「早く城に早馬をお願い。何とかしてもらわないと。ああ、どうしましょう」

困ったという顔でティメオがマテウスを見る。

「おばあさん、まずは深呼吸して。大丈夫ですよ、ここには今、最強の冒険者もいますし」

メグはレノラと呼ばれたおばあさんに駆け寄ると、その手を取ってゆっくり深呼吸した。

こんな時に落ち着け、落ち着けと言っても無駄なこと。

「ありがとうね、親切な若奥さん。あら？　旦那さん、見たことがあるわ。たしか……」

「マテウスです。この国の王の。それより、何があったのか、教えていただけますか？」

他のことに気を取られて、やっとレノラが落ち着きを取り戻す。

「そうだわ！　魔物！　魔物が出たのよ！　すぐそこの広場に！　私、買い物に来て、一休みしようと広場で座っていたら、突然魔物が現れて」

「街の中で、いきなり魔物ですか？　猛獣の間違いではなくて？」

レノラの言葉に、ティメオは半信半疑といった様子だった。

「あれは絶対に魔物。だって、見たことない姿をしていたもの。とっても大きくて、狼《おおかみ》みたいに四つ足で立っていたけれど、鷹《たか》みたいなくちばしと翼があって。鳥じゃないわ」

翼が生えていて、鳥みたいだけど、獣みたいな生き物？

「グリフォン！　最下層まで行かないとまず出てこない魔物がなぜ街中に！」

メグにはわからなかったけれど、マテウスはすぐに聞き慣れない魔物の名前を口にした。

彼はすぐに現場へ向かおうとして、ティメオの方を振り返った。

「ティメオ、市民の避難と怪我《けが》人がいたら回復魔法を……あと、メグの保護を頼む」

「わたしは現場から離れて長いので魔法は……」

「そんなことを言っている場合じゃないだろう！」

一喝するとマテウスがギルドを飛び出していく。

メグはついていきたい気持ちをぐっと堪《こら》えた。きっと自分が行っても邪魔になってしまう。

慌てながらもティメオは、ギルドにいる職員達に指示を出していく。

「王妃様はこちらにいてください。ファビエンヌは置いていきますので」

マテウスに言われたとおり、怪我をしている市民がいれば救護しに行くのだろう。

緊張した様子で杖《つえ》をもったティメオが出発前に声をかけていく。

そこでメグは重大なことに気づいた。

「あっ！　マテウス、武器、持ってない⁉」

彼が無事なことを祈ろうとして、戦っている姿を想像したら……そこに大剣がなかった。

今日はダンジョンに行くつもりがなかったので、いつもの大剣は当然城に置いてきている。

マテウスがいったん魔物を放置して、一度城に戻るとはちょっと考えられない。

「さすがに丸腰で魔物と戦うような真似《まね》は……」

ティメオは最後まで言えなかった。

その場にいる全員がマテウスなら素手で魔物に挑む姿が思い浮かんでしまったから。

「グリフォンって強いのですか？」

「飛行するので、かなり。鱗《うろこ》こそないですが、身体は硬く、並の冒険者では歯が立ちません」

彼が負ける姿は想像できない。

けれど、不安な気持ちがぶわっと膨れあがってしまう。

――もし、マテウスが死んだら……。

考えただけで目の前が真っ黒になる。

「マテウス……！」

「あっ！　待ってください、王妃様！」

気づいたら、メグはマテウスと同じようにギルドを飛び出し、駆け出していた。

自分が行ったところでどうにもならないのに……けれど走らずにいられない。

そこの理屈や計算は関係なかった。

街の中心にある広場に向かって、全力で走る。

――――マテウス……無事でいて……私の側からいなくならないで！

追いかけてくるティメオを置いて、メグは自分でも信じられない速さで走っていた。

広場まで来ると、鳥が群れで飛び立つ時に聞こえるようなバザバサという大きな音が聞こえてくる。

「マテウスー！」

広場の中央に仁王立ちするマテウスの姿を見つけて叫ぶ。

やはり、彼は手に何も持っていなかった。

「メグ！　そこにいろ。動くな！」

マテウスもすぐにメグの姿に気づいて、声を上げた。

「ダメ！　武器、今武器になるものを投げるから」

首を左右に振ると、周りを見渡して武器になりそうなものを必死に探そうとした。けれど、マテウスから力強い言葉が返ってきた。

「いいから、俺を信じろ。お前が見ていれば、負けん」

彼は足を広げて地面に踏ん張ると「ふん」と気合の声を上げ、全身に力を漲《みなぎ》らせた。

両手を握りしめて、左右均等に構える。

「グリフォンよ、来――――い！」

雄叫びを上げると、負けじと魔物も「キィィィ」と甲高い音を立てた。

耳を塞《ふさ》ぎたくなるような鳴き声にも、マテウスは動じない。

そして、グリフォンは空高く舞い上がると、一気に彼に向けて急降下し始めた。この空飛ぶ魔物の攻撃はどうやら急降下しながらの大きな爪《つめ》での攻撃らしい。

目を塞ぎたくなるけれど、彼が信じろと言ったのだから、じっと戦いを見守る。

マテウスとグリフォンの距離が見る見る縮まっていく。

「はぁぁぁぁ……ふんっ！」

勝負は一瞬で決着がついた。

グリフォンの爪がビュンと空を切り、続いてブンという空気を裂くような音がして、魔物の額にマテウスの拳が当たっていた。

一瞬、その姿勢で時が止まったかのように感じる。

けれど、それは錯覚で大きな身体のグリフォンが凄《すさ》まじい力で吹っ飛んでいった。

何がどうなったのか、メグにはわからない。

攻撃されたグリフォンは明らかに気を失い、お腹《なか》を出して倒れている。スライニーで見たようにゆっくりと半透明になって身体が溶けていった。

残った宝石の大きさは子供の頭ぐらいあって、グリフォンがどれだけ強かったのかがわかる。

「マテウス！　マテウス！」

危険がなくなったことを確認して、彼に駆け寄った。

「メグ！」

飛び込んでくるメグをマテウスは両手で受け止め、そして抱き締める。

「素手でなんて、危険すぎます。心配させないでください」

「すまない。グリフォンは危険で、剣を取りに行く余裕がなかった。だが、行き当たりばったりというわけではない」

どうやら勝算があっての行動だったらしい。

「やつは空からの滑空の勢いを利用して攻撃してくる。だからそれを逆に利用すれば、倒せる。そのまま自分の攻撃を数倍にされて返されるようなものだからな」

「マテウス……そんなの……」

――マテウスにしかできません！

文句を言いたかったけれど、涙で言葉にならなかった。

確かに腕は太いし、筋骨隆々だけれど、普通の冒険者には絶対に無理。

「倒したぞ、王様がグリフォンを素手で倒したぞ、俺は見た！」

メグがマテウスと抱き合って彼が生きていることを実感していると、隠れて見ていたり、騒動を聞きつけた人達がいつの間にか集まっていた。

広場の中心なので二人の姿は隠れようがない。

けれど、今はまだマテウスと離れたくなかった。彼が死んでしまうと考えた時の絶望は、恐ろしくて、脳裏から簡単に離れてくれそうにない。

やがて、人々から「見たか？　びゅんで、ふんで、どーんだ」「愛の力だ」「あれが伝説の愛のカウンターパンチか」「愛の勝利だ」「さすが新婚だ」「新婚に不可能はない」などと聞こえてきた。

さすがに囲まれて、抱き締めあっているのを見られているので、恥ずかしくなる。

「もう大丈夫です、マテウス。ごめんなさい」

「本当か？　俺はいつまでも抱き締めるぞ？」

涙に濡《ぬ》れた瞳を拭いて、彼の大きな身体から離れる。一応心配で触れてみたけれど、本当に腕は怪我一つしていないみたい。

「いいねぇ、若奥さん。新婚って感じで、アツアツで。ほんと、若い頃のあたしとじいさんにそっくりだよ。お互い大事にするんだよ」

いつの間にかギルドにいたはずの、グリフォンがいると知らせてくれたおばあさんが側に来て、にこにこと二人を見ていた。

「はい、ありがとうございます。大事にします」

苦笑いしながら、頷《うなず》く。

すぐにその笑みが、緩く綻《ほころ》んでしまいメグは戸惑った。

――まるで、肯定しているみたい。

冷やかされるのは苦手なのに、嫌な気持ちにはならなくて。

むしろ、くすぐったくて……。

若奥さんもアツアツも否定したいのに、受け止めたい。言われたい。

離婚を目指しているのに、そのために仕事に励んでいるのに、彼と共に目指しているのは仲良し夫婦で。

変なの……。

変……だけど……。

だって、マテウスとだから――。

こんなに強くて頼もしくて優しい旦那様を、自慢しないなんておかしい……。

広場にいた人達がワッと近づいてきて、マテウスだけでなく、メグまでも次々とお礼を言われてしまう。

その後、広場に誰かが椅子とテーブルを持ち込んで、お互い持ち寄った料理が並び、酒はグリフォンの宝石で払うということでマテウスが振る舞って、あっという間に宴《うたげ》になった。


ギルドを説得し、広場に突如現れた魔物をマテウスが一撃で倒してから数日で事態は好転し始めた。

全ギルド長の協力が得られた上に、ギルドの受付嬢ファビエンヌが、まったく新しいダンジヨンの手厚い保護策に加えて、グリフォンを素手で倒したマテウスの活躍を各国のギルドに流したことが大きい。

人々がマテウスの活躍を話す時、一緒になってダンジョン・ベグロカの話題もしてくれたからだった。

入場料の無料化も効いて、多くの冒険者がカザラ王国から次々と流れてきて、ギルドにも人が集まってくる。

すでにギルドは手狭になっていて、移転を考えているらしい。国からも数人を臨時職員として派遣する手配がすでに整っていた。

今では街を歩いていると〝ベグロカ〟という言葉を聞くことさえ珍しくない。

最初に耳にした時は、聞き間違いだとばかり思ったけれど……。

そんなわけでダンジョンの知名度は上昇、黒字化も夢ではないという時だったのに――――。

「っう……喉《のど》が痛い。辛《つら》い……」

どうやら風邪を引いたらしかった。

メグは私室で寝込んでしまっていた。しっかりと休むのが早い解決だとわかっていても、情けない……。

旅行の前日に風邪《かぜ》を引いて、一人ベッドの中で過ごす気分。

――――こっちでは風邪を引くことなんてなかったのにな。

最近、色々と忙しくて、でも楽しくて、身体の限界に気づかず無理していたのかもしれない。

体調管理ができていないなんて、商人として妻としても王妃としても、何もかも失格。

「ダメ……風邪になると、どうしても弱気になる」

これぱかりは自分でも仕方がないのだけれど……。

眼鏡《めがね》をかけたいところだけれど、あれはまだ封印中。

こんな弱っている時に眼鏡姿を見られたら、身体が危うい。あんなことされたり、こんなことされたり。

「うぅ……熱が上がった」

変なことを思い出してしまって、風邪を悪化させてしまう。

「メグ、俺だ。入るぞ、大丈夫か?」

熱を上げた原因の人が部屋に入ってくる。

けれど、その顔を見ると少し症状が和らいだ気がするから不思議だ。

「マテウス、うつるから、来なくてよいの、本当に。貴方まで風邪を引いたらダンジョンだけでなく、色々困るし」

「しゃべらなくていい。俺は風邪を引いたことなどないから、絶対にうつらん。それにお前が苦しんでいる時にそばにいられないなど、無理だ」

すでに何度もしたやりとりで、メグも諦めている。

「額、触るぞ」

「うん、お願い……」

こんなに弱っている時に他人に触れられようとしたら、きっと逃げだそうとするだろう。

けれど、マテウスに限っては安心できた。

その手の感触が気持ちよくて、安心する。

「あぁ……少し楽になったかも。ありがとう」

マテウスの手が青白く光り、弱っていたメグの身体に少し力が戻る。

今回のことで初めて知ったのだけれど、彼は初歩の魔法ならば使えるらしい。

その類《たぐ》い稀《まれ》な身体能力と凄まじい剣技が際立っているので、ほとんど使う機会はないそうなのだけれど。

風邪の原因を取り除くまでには至らないけれど、楽になるからと、マテウスは数時間おきに回復魔法をかけてくれる。

役に立ってよかったと、優しい笑みを浮かべながら。

「手を添えるだけでも気持ちいいだろう？　しばらくこうしているぞ」

――――ほら、今もこんな風に……ずるい……。

弱っている時に、こんな優しくされたら……胸が高鳴って止められない。

風邪を引くと、いやでも前世のことを思い出してしまう。

……。

メグの前世の最後の記憶――――。

『さすがに……薬とスポーツドリンクだけでも……買いに行かないと……』

経理で会社のお局だった時、看病は元より、お見舞いに来てくれる友達さえいなかった。

誰にも頼るわけにはいかず、けれど、薬も飲み物もなくて……。

深夜にフラフラとした足取りで買いに出かけたのだけれど、頭と視界はぐわんぐわんと歪《ゆが》んでいて、赤信号にも気づかなかった。

クラクションが聞こえて、車に気づいたのも衝突する寸前だった。

気にしまいとしていたけれど、あの時のことが結構引っかかっていたらしい。

とても悲しい……最後。


……。

けれど、今のメグは違う。

マテウスがいる。

心配して、看病して、側にいてくれる人がいる。

――すごく幸せ……。

風邪を引いた時の思い出を、悲しいものから幸せなものに塗り替えてくれた。

「マテウス……キスしたい……だめ?」

「風邪引いているのにか?　いいのか?」

怪訝《けげん》そうな顔でマテウスが尋ねてくる。

「うつらないのでしょう？　好きみたいです、貴方《あなた》のこと」

メグははっきりと口にした。

もう、白状してしまおう。

自分の気持ちに抗《あらが》っても仕方がない。好きなのだから――。

言った途端に心がうんと軽くなって、胸の中から愛しさが込み上げてくる。

グリフォンとの戦いに飛び出していった時、彼がいなくなると考えたら恐ろしくなった。

そこでメグは、はっきりと気づいてしまった。

もうマテウスなしの人生なんて考えられないと。

すっかり、このダンジョン馬鹿な王様に恋している。メロメロにされてしまっている。

「メグ！　本当か？　取り消すなら今だぞ？」

マテウスにもその言葉の重要さがわかったらしい。

「うん」

「それはどっちのうん、だ？　取り消すってことか？」

もっと確かな言葉が欲しいらしい。

「マテウスが好き。誰よりも、何よりも好き、です」

「俺も、もちろん好きだ！　ダンジョンよりも好きだ。メグ、愛してる！」

「あっ……やっぱりうつるかもしれないから……ん――」

止めようとしたけれど、マテウスがメグの唇を奪う方が先だった。

【第五章】冒険案内所は道の駅ではありません！～超級ポーションで絶倫中！～

メグはダンジョンの入り口近くにある、冒険案内所のカウンターの中に座っていた。

三部屋と倉庫の建物は、マテウスが建てた簡素なものである。

カウンタースペースの部屋の他に、見張りの兵士が休憩するスペースと、簡単な料理ならできる調理場。

メグは空色のワンピースに、生成りのこざっぱりとしたエプロンを身につけていた。

お店番スタイルである。

一目で店の者だとわかるし、明るい元気な色で、冒険者さんを出迎えるのは大事だ。

「…………」

——うん、早朝から座っているけど、パーティが十組ベグロカへ入っていっただけで、続く来客なし。静かだ……。

ゆっくり穏やかな時間が流れている気がする。

カウンター上の入場者数メモには、メグの書いた丸が十。すでに昼を過ぎた。

一応黒字にはなるけれど、まだまだ多いとは言えない。

ただ、じっと待っているのももったいないので、メグはさっそく物品販売をすることにした。

毒消し薬や、回復ポーション、筋肉増強ポーション、それらのセット。

ロープ、ナイフ、火打石、松明《たいまつ》。少し値が張るけれど魔物除けの香。

いわゆる雑貨屋さんだ。

品ぞろえは、最低限といったところだけど、困っている冒険者には役立つだろう。

まだお店が知られていないので、閑古鳥なこと。

安くしているので、一応は回復セットが一つだけ売れた。

現在の売り上げ、シュテラ半銀貨一枚。

それでやる気をなくして腐っていたら、お客さんが集まらない。

メグはカウンターから出て、商品棚を気合を入れて磨いた。今できるのはそれぐらいだ。

要望を言えばマテウスが色々作ってくれるので、三段になったテーブルをメイン台にして、斜めに中身を見せるように置いた木箱が六箱、大きな丸い籠《かご》が四籠。

半分はまだ空っぽだけど、商品は増える予定。

お客さんの気分になって、手に取りやすいように商品の向きを整えてから、カウンターへと戻る。

そして、入場者数メモとは別の羊皮紙を引っ張り出す。

まだ、構想段階であったけれど、マテウスの要望を取り入れた設計図だ。

もちろん本格的な図面ではなく、要望や必要事項を綴《つづ》っただけのまだ殴り書き段階である。

なにしろ、マテウスの目指すところは究極の高みであった。

彼の夢を、言葉の響きのままに思い出す。

『ダンジョンの近くに街を作りたい。冒険者達には衣食住が必要だ。それが近ければ近いほど助かるだろう』

……………うん、このほったて小屋的なお店が第一店舗かな。

道のりは長い。なにせ宿屋、道具屋、武器屋、冒険者ギルド、酒場をご所望だ。

無理難題こそ商売魂が燃える。

メグは、暇な店番を利用して、ああでもない、こうでもないと、羊皮紙に店の理想的な配置や誘致できるコネのあてを書き綴った。

「メグ、戻ったぞ。中で冒険者パーティ三組と会った。他には来たか？」

マテウスが冒険者姿でぬっと顔を出した。

背負っているのは布袋で、ベグロカで採れる素材を頼んだのだ。

こんなものが取れますという見本にもなるし、身近な素材で作れる道具を知っておきたい。

「おかえりなさい。その組と、あとは七組ですね」

「むっ、いきなり冒険者が殺到とはいかないか……」

広場の事件からのギルドの盛り上がりで、マテウスはさらなる集客を期待していたらしい。

「前に比べたら、とても調子がいいです。今のお客様を大事にしましょう」

「そうだな。品数を増やせば、雑貨屋目当ての者も来てくれるだろう。張り切って採ってきたぞ、さあ見てくれ！」

どさっと布袋がカウンターに置かれて、出てきたのは、回復の葉に毒消し草、火と水の鉱石に、モモキノコやヒラトリタケ。ビンに分けて入れられた水草に、布で包まれた苔。

筋肉増強の葉と精神の実は、大量にあった。

他にも、商人のメグですら知らない素材が色々とある。

「筋肉増強の葉と精神の実は人気素材だ。木が多く自生しているから、毎日袋いっぱいに採ってもなくならないだろう」

「わぁ！　筋肉増強の葉ってポーションの素材ですよね。ベグロカでたくさん材料が取れるなら、値段の見直しをしましょう」

「そうだな。俺でも簡単に作れるし」

マテウスが筋肉増強の葉を一枚手にした。

そして、カウンター内にあった、無色ポーションを一本引き抜く。

「えっ？　マテウス、ポーションの作製ができるのですか？」

「錬金術の力はないが、錬金術師が売っているこの無色ポーションからなら、変化させられるぞ。冒険者の基本だ」

聞いたことはあったけれど、実際にマテウスが作れるなんて知らなかった。もちろんメグはそんな力の欠片《かけら》もない。

だから、無色ポーションを仕入れよう……ってたくさん在庫があったんですね。

無色ポーションは、どんなポーションにでもなれる万能の薄い薬水である。

錬金術師が、各ポーションとは別にポーションベースとして大量生産するもので、冒険者は素材を足して必要なポーションへと変えて使ったりもする。

お金があれば、最初から目当てのポーションを買うけれど、駆け出し冒険者は無色ポーションから自分で作った方が安上がりである。

また、わざと無色ポーションだけを何本か持ち歩いて、必要に応じて変化させて荷物を減らす冒険者もいる。

「筋肉増強ポーションなら、ほら――――」

マテウスが手の上で葉を浮かし、とろりと液体状に溶かす。

そして、無色ポーションの中に入れて蓋をして振ると、綺麗な赤色になる。

「わっ……本当にできました」

「よし、シュテラ銅貨一枚で販売できるな！」

「それ、無色ポーション一本の仕入れ値です。採取と加工を考えたら、値下げしてもシュテラ銅貨三枚までです」

どこまでも商売っけのないマテウスであった。

「うむ。まあ、街より安いからよしとしよう。んっ……メグ、それは何を書いているんだ？」

マテウスがメグの書き付けを目ざとく見つける。

「ベグロカ周辺の出店計画書の、素案です。まだ、ぐちゃぐちゃで、お見せできる内容ではないですけど……」

「おおっ！」

マテウスが食い入るように見て、なぜか今のメモでは関係のない、冒険案内所兼雑貨屋へと印をつける。

「ここの、部屋を増やしたいんだが……」

「えっ？　お好きにどうぞ」

マテウスが造った建物だから、増改築に口を出す気はない。

彼がシャシャッと羽根ペンを走らせる。

「お前の寝室と俺の寝室、それから食堂と、今の水場ではなく風呂も造りたい」

「誰か住むんですか？」

「いや……夫婦には部屋が必要だろう。俺の寝室とお前の寝室は続き部屋にしたい。扉に窓を作って、黙って深夜に入ってもいい時には何か可愛《かわい》らしい合図の小物を置いてくれ」

「お店は新居ではありません！　お城があるのに飛躍しないでください」

メグは却下した。

「うむ……夫として巣作りで愛情を示したかったんだが」

「雄にならなくていいです」

マテウスががっかりと肩を落とす。

そして、今度はハッと腰に括《くく》りつけていた花を取り出した。

「そうだ。メグに花を摘んできたんだ。ベグロカに咲いているお前そっくりの花だ。ハウレッタ花と呼ばれている」

「はっ？」

ぬっと差し出されたのは、ややぐったりぎみの、五枚の花弁を持つ釣り鐘状の花だった。色は水色。鈴蘭と桔梗《ききょう》を足して二で割ったような花である。

「わ、私に……？　に、似ているかな……ありがとう」

可憐《かれん》と呼べる花に似ているなんて、恥ずかしいけど嬉しい。

清涼感のあるいい匂いもする。

「贈ることができてよかった。毎日でも採ってきたい。俺はこの花を見るたび、お前の姿を思い出して、会いたくなる」

「い、今会ってますよ！　え、えーと……お花が萎《しお》れかかってるから、水につけてきますね」

照れ半分、真面目半分、メグはダンジョンを何時間か連れまわされていたハウレッタ花を救いに行った。

「それは無理だ。ハウレッタ花は一度摘めばどんな水も吸い上げない」

「えええっ！　せっかくもらったのに、飾れません。花が可哀想《かわいそう》です」

残念すぎる。

「むっ、考えていなかった。とりあえずは、間に合ううちにポーションにしておこう」

マテウスがハウレッタ花を溶かし、無色ポーションと融合させ乳白色のポーションにした。

「こ、これをもらって飾りますね？」

ちょっと姿は変わってしまったけれど、マテウスの好意はもらっておこう……。

「メグに毎日見せたかったんだが、栽培でもするか」

「ダンジョンに咲いている花なら、環境を同じにしないと育たないのではないですか？　普通のお水はあげられますけど」

薬草園はありだけど、花ではなく人気ポーションの素材を育てたい。

「土と洞窟《どうくつ》の壁と近くの苔《こけ》も持ってこよう！　完璧だっ」

マテウスと盛り上がっていると、店先から声がかけられた。

「あらあら！　王様とギルドにいた若奥さんじゃないかしら？　なあに、何か売ってるの？」

野菜の籠を背負って通りかかったのは、見覚えのある顔と口調だった。

――あっ、街でグリフォンのことを知らせてくれたおばあさん。

「おお、レノラ婆《ばあ》さん。先日は早く教えてくれて助かった」

「あたしこそ、助かりましたよ。魔物は危ないからね。ダンジョンが近くにできて怖いんだけど、王様が守ってくれるからいいわ！　それで、お店屋さんなの？」

レノラが店先を見回したので、メグはマテウスを商品がよく見えるように押しのけた。

「はいっ。ご自宅での健康管理にも使えるポーションも取り揃《そろ》えております」

「赤いのは知ってるわ、筋肉増強ポーションね。今から街へ野菜を売りに行って帰りに買う予定だったけど、ここにあるなら助かるわ。くださいな」

やった！　ご近所さんの取り込み成功かも。

メグは飛び切りの笑顔を作った。

「はい、一本シュテラ銅貨三枚です」

日本円で銅貨一枚が百円ぐらいだから、三百円。

無色ポーションが銅貨一枚で百円だから、経費を除けば二百円の儲《もう》けである。

「安いのね。大きいお金しかないけど、お釣りあるかしら？」

メグは心の中で大得意だと胸を張った。

ヴァーモア王国は基本的にシュテラファン王国と通貨は同じである。もっとも、カザラ王国の主な通貨でもメグは計算する自信がある。この場所ではいらない知識だけど……、

「はい！　お釣りは充分にって――――ええっ！　ヴァーモア記念金貨ですかっ」

マテウスの顔が彫られたそれは、建国記念の金貨だ。

ヴァーモア記念金貨は百万円である。確かに直轄地に住む農民には、記念に配られた。

「どこへ行っても、これでお釣りが出ないのよね。困るわ」

「こ、これは……ごめんなさい。うちでも、お釣りありません」

「ほーらやっぱり、もらったのに、使えないお金だわ」

レノラがぷんすかして、マテウスは苦笑している。

この際、近所の人にはツケで売っても構わない。次からはお釣りを用意しよう……金庫と鍵《かぎ》も必要だ。

「俺が作ったポーションだから、タダで持っていってくれ」

「まあ！　まあまあ、そんなわけにはいかないわ。ああそうだ、これと交換しましょう。大根十五本。ああ、売りに行く手間が省けた。ありがとうね」

いきなりの物々交換である。

大根は基本の売値が一本銅貨一枚で仕入れ値が三分の一ぐらいだから、得なのはお店の方だけど。

了解をしていないのに、レノラはさっさと空の木箱を見つけて、大根を手早く陳列して筋力増強のポーションを手にした。

「ポーションの注文もできるのかしらね？」

「俺が作れるものなら何でもこいだっ」

レノラとマテウスが意気投合し、メグは大根の売り方を真剣に考えた。

――――街へ、売りに行く？

それでは、意味がない。今日行かないと鮮度は落ちるし、商館とのツテもまだ確立できていないし……。

メグが気を取り直したのは、世間話を終えたレノラが空っぽになった籠を軽やかに背負って帰り、見えなくなった時だった。

「マテウスっ、あんまり気軽に引き受けるのはダメです」

「うむ。つい……な。客とは嬉しいものだな」

「わ、わかりますけど……」

メグも結構楽しんではいる。

「おや……ここで大根を売っているのかい？」

また、おばあさんが通りかかった。

「おお、ペラジーさん。膝《ひざ》の調子はもういいのか。よく来てくれた」

マテウスが駆け寄り、ペラジーと呼ばれた、人の好さそうなおばあさんがニコニコする。

「大根、レノラさん家《ち》の立派なものじゃないの、いくらかい？　三本買いますよ」

「ど、銅貨三枚です！」

メグは反射的に答えると、ペラジーが細腕で三本軽やかに選び取る。

まさかの大根が三本即売れした。

――――冒険者の雑貨屋さんなのに……。

ダンジョンと関係のない、わらしべ長者がメグの頭をよぎった。


それから、レノラが三日に一回筋力増強ポーションやら、注文のポーションを大根と交換で買っていき。

細腕で大根を三本持って帰ったペラジーも、農家らしく、翌日に荷車を引いて訪れた……。

「王様が、野菜を買い取ってくれるって聞いたのよ～」

持ってきたのは茄子《なす》と丘風菜《おかかざな》だった。丘風菜は野沢菜みたいな味の食用葉だ。

――うちは農業ギルドじゃない。

とりあえず、並べてみたら、近所の人が押し寄せてきた。

冒険者も帰りに酒場への手土産に買っていくので、なぜか利益になって……。

メグは街の案からいったん離れることにした。

街を押し付けずに、求められている施設になって、愛されることが先決である。

まずは……産直野菜を売る〝道の駅〟となろう。

時々、売れ残ってしまう野菜で、メグはおやきを作った。

前世では旅行先ではまり、帰ってから家でよく作っていたもの。

小麦粉を混ぜてこねてから、少し寝かせて、細かく切って濃いめに味付けた野菜を包んで、両面を焼く――。

簡単料理は、大根とモモキノコと丘風菜と茄子の四種類の味で売り出したら、大量に売れて、売り子が雇えるぐらいになった。

メグはマテウスと道の駅の名前を出し合い〝英雄の里〟と名付けた。

※　※　※

マテウスは軽快に倉庫用の棚を作っていた。

道の駅とメグが言っていた〝英雄の里〟が活気づき、在庫を多く持てるようになったためだ。

――――さすがは、メグだな。

人が集まってくる。

成功に近づくのは喜ばしいことだった。

「いいことだが……」

マテウスは棚を作る手を止めた。

こんな日が続けばいいと心躍るのに、先を考えると落ち込んでしまう。

脳まで筋肉でできていたって、先を読んだりはできるのだ。

――――黒字が一年続いて、契約が早期終了になったら……。

メグが帰ってしまう！

離婚されるのではないか⁉

ひやひやした気持ちは、どんな強い魔物と対峙《たいじ》した時よりも心臓がぐっとなる。

――――恐ろしい……のか、俺は。
ああ、怯えている。
メグが腕の中からするりといなくなることに――――。
「いや……だが、メグは俺を好きだと言ってたじゃないか！」
ぶんぶんとマテウスは首を横に振った。
彼女が風邪を引いた時、潤んだ目で、そう告白してくれのだ。
心に焼き付けた言葉、メグの顔が見えない時には何百回と思い出しているあの瞬間。

『うつらないのでしょう？　好きみたいです、貴方のこと』
あの時は、愛しさに抱きつぶしそうになった。
喜び、飛びかかりそうになる身体を懸命に抑えて、意味を尋ねたのだ。
そして、返ってきたのは、天にも昇る言葉。

『マテウスが好き。誰よりも、何よりも好き、です』
確かに聞いたのだ！
だが……契約が終わってしまえばどうなるかは――――。

「むっ、いかん！　落ち込むな、打ち込め！　そうだ棚だ、もっと棚を作ろう！」

ぐるぐると悩む暇があれば手を動かせ。
時間を無駄にするな！
マテウスは棚作りに励んだ。

※　※　※

道の駅、〝英雄の里〟の倉庫はどんどん大きくなり、メグはお店がクローズとなった夜に、在庫整理に追われていた。

ポーションの種類を揃えられたのはありがたい。

ベグロカで取れる素材も多いし、商品ラインナップには困らないだろう。

色々作れるなら、もっともっとと商売魂が燃えてしまう。

となれば、在庫管理が大変だったけれど、メグは整理整頓や売れ行き予想が得意である。

特に、きっちりと在庫を揃えた瞬間がたまらない。

せっかくお店に来てもらって、品切れはあってはならないことだ。

幸いにも、素材は豊富にマテウスが採ってきてくれるし、ポーションも量産してくれる。

そして、増築だけでなく、棚までどんどん作ってくれた。

「んしょっ……」

マテウスは背が高いから一番上は、結構高いところにある。

それでも一応は気遣って、届く場所には置いていてくれているのだけれど……メグにはギリギリ届くか、届かないといったところ。

「とどい……た！」

つま先立ちして、やっと上の段にあるビンに手が届く。

どうやら様々なポーションみたいだ。どのビンに何の薬が入っているかは、ビンの形と巻き付けられた色のついた紐《ひも》でわかるようになっている。

――――ビンは上に置かないようにしないと。

落ちてきたら、回復ポーションのビンで大怪我、なんて間抜けなことになってしまう。

下に置かれていた軽い乾燥葉とポーションのビンを入れ替えようとするも、結局はつま先立ちしないと届かなかった。

「うんしょ……あっ、わっ、わっ……」

乾燥葉を棚の上に置こうとしたのだけれど、今度は油断と先ほどとの重さの違いに身体がよろけてしまう。

「メグ！　危ない！」

「きゃっ！」

後ろに倒れそうになるのを、寸前で抱き留められる。

見なくても、大きくて力強い感触ですぐに誰だかわかってしまった。

「すまない、お前には高かったか」

マテウスはメグの手から乾燥葉の入った籠を取り上げると、棚の上にぱぱっと置いてくれる。

「そんなことありません。一応は届きますよ。こうすれば」

届くことを示すように片手を伸ばして、つま先立ちしてみせた。

「可愛い！　意地悪な棚をもっと作りたくなる！」

「意味がわかりません！」

いきなり、マテウスに抱きつかれてしまった。

どうやら背伸びをする姿がツボだったみたい。

「あの……マテウス？　あまり驚かせないでください」

ちょっとした悪ふざけだと思ったのだけれど、マテウスはメグを離してくれなかった。

「どこにも行かないでくれ！」

突然、マテウスが抱き締める腕に力を入れた。

「どうしたんですか、マテウス？　私はここにいますよ……あっ、わかった。疲れて、少し弱気になってます？　わかります。私も風邪引くとすぐ不安なことばかり考えてしまって」

潜伏期間はとうに過ぎたと思うのだけれど、マテウスが人生初の風邪を引かないとも限らないので、少し心配になる。

「体力増強ポーションでも飲んで今日は早めに休んでください、はい！」

――えっと、体力増強のビンは……三角のやつで……色は……青だっけ？

体力増強ポーションは、前世でいう栄養ドリンクのようなもので、疲れや体力が減っている時にその回復力を速める効果がある。

メグは下に置いた箱の中から、青の紐が巻かれたビンを取り出すとマテウスに差し出した。

「いや、これはつい出てしまっただけで――」

マテウスは言い訳をしながら、手渡されたビンをグイッと一気飲みする。

すると、そこで動きを止めてしまった。

「マテウス？　どうしたの？　本当にどこか悪いのでは……」

より心配になってマテウスの顔をのぞき込む。

――なんだか顔が赤い？　大変⁉

「すぐに城へ帰りましょう。誰を使いにやって馬車に来てもらいます」

誰かを呼んでこようとしたのだけれど、マテウスの太い腕が伸びてきて、引き寄せられてしまった。

「城までなんて待てない」

「……マテウス？　すぐに戻ってくるから、心配し……ない……で？」

メグはマテウスの異変に気づいた。

顔が赤かったり、息が荒かったりするのは風邪の症状でもあるけれど……。

その目には、いつになく欲望が渦巻いていた。

メグを激しく抱いて、愛する時のような、熱く求めるような視線。

――えっ⁉　さっきのポーションって……。

慌てて空になったポーションのビンを確認。次に、色々なビンの入った箱に視線を向ける。

――あれ？　青が箱にもう一つある……ってことは……。

「青じゃなくて、渡したのってもしかして紫⁉」

メグは驚きの声を上げた。倉庫は薄暗いので色を見間違えたらしい。

紫の紐をつけたビンは――特別にレノラから頼まれて作った特注品の絶倫ポーション。

一時的な体力上昇に加えて、興奮作用を加えてある。

しかも効果は、通常の三倍に設定した特製品。

その……途中で切れたら、大変だからね……。

「解除薬……なんてないし。どうしよう！」

飲んでしまったら効果が切れるまで何とかするしかない。

メグの腕を摑《つか》むマテウスの手に力が入ってくる。

「どうどう、落ち着いて。薬なんかに負けないで！」

応援してみたけれど、やっぱり無駄だった。

「マテウス！　きゃっ！」

彼がメグの身体を狭い倉庫の壁にドンと押し付ける。

――もう、こうなってしまったら……。

覚悟を決めるしかなさそうだった。彼がこうなってしまったのもメグのせいだし。

「メグが欲しくて、欲しくて……たまらない……」

「あっ、ん、ん――」

ねじこむようにして、キスをされる。

いつものように優しい口づけではなく、さらに舌が入ってきた。

「ん、んんっ……ん――」

彼の舌が口の中で暴れている。

ちょろちょろと舌に触れて……やがて絡みついた。

初めての淫《みだ》らな口づけに、メグの身体も熱を持ち始めてしまう。

「は、ん……あ、ん……んん……」

舌が絡みあう様子はとても愛する行為自体を想像させてしまって、甘い吐息がもれる。

苦しくて、熱いのも一緒。

「……マテウス……ごめんなさい」

謝りながら、メグは薬で絶倫になったマテウスの激しい愛撫《あいぶ》を受け止めた。

淫らなキスを続けながら、彼の腕は胸を掴む。

「あっ、んっ！　あ、ん――」

いつもよりも強い力で乳房を揉《も》まれる。

すぐにマテウスはそれだけでは満足できなくなって、胸元を開いて乳房を露わにされてしまう。

直接手を伸ばした彼は、胸の蕾《つぼみ》をぎゅっと二本の指で抓《つね》った。

「ひゃ、あっ……あっ……あぁぁ……」

全体を揉んでは中心を抓ったり、つぶされたりする。

鷲《わし》づかみにされ歪《いびつ》に歪む胸に、彼の指は埋まっていく。

――こんなに激しい愛撫……。

今までどれだけ彼が優しく抱いてくれていたのかわかる。

これが男の人の欲望をぶつけた様子。

メグは壁に押し付けられ、逃げ場をなくされたまま、彼の手と口で犯されていく。

――でも……マテウスには違いないから……。

これほど乱暴な愛撫なのに、身体が反応してしまっている。

蜜《みつ》が奥でじゅっと潤み、溢れ出そうとしているのがわかってしまう。

「メグ、もう限界だ」

マテウスはメグの耳朶《みみたぶ》を甘噛《あまが》みしながら囁《ささや》いた。

その意味がわかって、びくっと身体が震える。

反射的に足を閉じるもその前に、彼の足がその間に割って入る。そして、胸を愛撫していたはずの手がエプロンとワンピースの裾《すそ》をまとめて捲《まく》り上げて、秘部へ伸びた。

「あっ……だめ……」

声を上げるけれど、何の抵抗にもならなかった。

マテウスの指が肌着を破くかのように脱がし、秘裂に触れる。微《かす》かに濡れ始めたそこにいきなり侵入してきた。

「あ、んっ！　あっ！」

くちゅっと音がして、彼の太い指が入ってきた。蜜を掻《か》き出すようにして、前後に動き、すぐに指と秘部の周りとが濡れていく。

「あぁぁ……うぅ……」

指が抜かれたことでホッとするのも束の間、それは急ぎ準備されたに過ぎなかった。

メグの脚を彼が摑む。

「な、に、を？　マテウス？　きゃっ！」

壁にメグを押し付けたまま、両足を持ち上げられる。

ものすごい力なのでふわっと身体が浮いて、思わず何かに摑まろうと目の前にあったマテウスの首に手を回した。

すると、秘部に熱いものが押し付けられる。

「あ、う、う……あああ……」

摑んだメグの脚を引き寄せ、腰を密着させていく。

挿入された肉杭がそれこそ膣壁を広げながら、押し入ってきた。

いつものように、自分の中の隙間を埋めてくれる気持ちよさと同時に、いきなり火花が散るような強い刺激と快感が襲ってくる。

「ん、あ、あっ……ああっ！　あっ！」

間髪容《い》れずに、マテウスが腰を振って抽送を開始した。

メグの方は体勢が不安定で、けれど深くつながる体勢で、突き上げに身悶《みもだ》える。

――こんな恰好で……激しく……突かれて……るっ！

まるで抱きつきながら、つながって、愛してあっているかのような恰好。

「ひゃっ！　あっ！　だめっ……」

――強く……奥で……ぶつかってる……。

さらに欲望を増強されたマテウスは、メグの身体を壁に突き刺すようにして、強く腰を打ち付け始めた。

「うっ！　あっ！　んっ！」

貫かれるたびに、嬌声《きょうせい》がもれる。

倉庫には誰も来ないとわかっていても、聞かれたらと思うと羞恥《しゅうち》心が込み上げてくる。そして、その背徳感がさらにメグの身体を敏感にさせていた。

「あっ、あっ、あっ……ああっ……！」

彼の肉杭は、とても熱く、硬く、太くなっていて、いっぱいになる。

さらにマテウスは、自身の腰の動きに合わせて、摑んだメグの脚を引き寄せて腰をこれ以上ないほど密着させてくる。

――これ以上……奥……ない……のに……。

まるでもっと奥を、奥をと言うかのように、マテウスは膣奥を突いた。

「あ、あ、あああっ……んっ！　んぅ……んんん……」

衝動は溢れるばかりで、すでに何度も軽く達してしまった。

けれど、それらを超える大きな絶頂が押し寄せてくるのがわかる。

「マテウス……もう……あぁぁ……」

彼の腰の動きが最後を予感させるように、乱れ、速くなっていく。

それに合わせて、メグの強い衝動も一気に込み上げてくる。

「あ、あ、あ……あああ……」

本当に壁に打ち付けられたかのように錯覚しながら、メグは絶頂に達した。

マテウスの肉杭も大きく脈打っている。

熱いものに満たされるのを感じながら、長い絶頂を味わう。

——何とか、これで、収まる、はず……。

痺《しび》れるような余韻を感じながら、メグは終わると思っていた。

マテウスがメグの身体をアイテムを広げるために床へ敷いてあった布の上に下ろす。

呼吸を整えながら、彼を見上げる。

その瞳は——メグを見ていなかった。

「……?」

自然とマテウスの視線の先を追うと、そこには落としたりしてしまった時のために予備として用意してあったもう一本の絶倫ポーションがあった。

——まさか！

ポーションの束になく、在庫品の棚に置いてあったそれへマテウスが手を伸ばす。

「だめっ！　もう無理です！」

前に眼鏡をかけた時に二度連続でされてしまったけれど、今回とは激しさが違う。

しかし、何がそうさせたのか、今のマテウスは聞く耳を持たなかった。

「メグ、逃がさない。離さない」

二本目の絶倫ポーションを手にすると、逃げだそうとしたメグの身体をも掴む。

「マテウス、あ、あぁぁ……」

メグの諦めの声が倉庫に響く。

マテウスは這《は》って逃げようとしたメグの足を掴むと引き寄せ、腰を両手でがっちりと掴む。

四つん這いの恰好のまま、後ろから肉杭を突き刺した。

「あ、ううう……ああっ！」

一度したことで満たされた膣内は、簡単にマテウスの熱杭を受け入れてしまう。

腰が密着するほど深くに突き刺さった。

「ずっといる。メグは俺といるんだ」

うなされているかのように呟《つぶや》くと、二本目のポーションの飲み口を開けて、ゴクゴクと飲み干してしまう。

「……あっ！　ああっ！」

ポーションの効果はすぐに現れた。

膣内で肉杭が大きく膨れあがるのが、メグにもわかってしまう。

――いっぱい……になって……る……あああ……。

また最初の強さを取り戻した太く、硬い肉杭が襲ってくる。

マテウスが腰を振って、それこそ獣のように抽送してきた。

パンパンと腰がぶつかる音が、倉庫なのでよく響いて、聞こえてきてしまう。

――こんな……淫らな恰好で……しかも連続で二回も……。

「あうっ！　あっ！　うっ！　ああっ！」

貫かれるかのような長いストロークに嬌声を上げる。

体勢が変わると、感じ方もまったく別物のようだった。

抱きつきながらされた時は、強く奥を擦《こす》られるような感覚。

後ろから、手足をついてされるのは、真っ直ぐに突き刺さる感じが強くて、膣襞全部が持っていかれるような、強い挿入感が伝わってくる。

「あ、ああっ……んっ！　あっ！　んっ！」

倉庫に吊り下げてあるランプの明かりに照らされ、壁に影が映っていた。

一つになりながら、揺れている。

――こんな淫らなことって……。

マテウスの腰の動きは、止《とど》まるところを知らない。

もともと、疲れ知らずなのに絶倫ポーション二本の効果がさらに彼を隆々と、興奮させてしまっている。

身体ごと揺さぶられるように抽送は繰り返された。

――もう……だめ……びくって……止まらない……。

刺激に耐えきれなくなって、突かれるたびに軽く達してしまっている。

びくびくと痙攣《けいれん》するのを止めることができなかった。

それはまた一回目よりも大きな衝動を呼び込んできて――。

「あ、あぁ……ああ……あああ……」

精一杯、声に出して逃がすけれど、込み上げ、飲みこまれていく。

強烈な衝動がメグの奥底から溢れだした。

首を上げ、背中を反らしながら、二度目の大きな絶頂に達する。

「あ、う、う……ああっ、ん――っ！　ん、んぅ……」

唇を噛みしめながら、メグは最後の嬌声を上げた。

そうしないとだらしなく、口を開けてしまいそうだったから。

びくんびくんと、不自然なほどに大きく身体を痙攣させる。そんなメグをマテウスは力強く引き寄せて、最後の一突きをした。

「ひゃ、あ……あ……」

膣奥に肉杭が強く突き刺さる。

ひりひりと奥から痺れた。そして、修復するように熱いものが溢れていく。

「あ、あああ……あぁぁ……」

呻《うめ》くような声を上げると、目の前が真っ白になって、メグは気を失ってしまう。

やがて、気がつくと……。

マテウスが申し訳なさそうに介抱してくれて――。

その夜のことは、互いに忘れることにした。

【第六章】ドラゴンと陰謀と癒しの花～無敵の新婚経営術～

ベグロカが、存在すらほとんど知られていないダンジョンから、少し名前が売れだして半年。

メグは実にまったりと、マテウスとのスローライフを楽しんでいた。

道の駅〝英雄の里〟はどんどん大きくなり、雇用も生み出している。

ダンジョンなのに、付随する施設が目当ての買い物客や旅行客も増えた。

メグは急遽一階層だけ魔物を排除し、そこで煉瓦《れんが》の囲いを作りベグロカ産のモモキノコを栽培し、採取体験ツアーなるものを始めると根強いファンがついた。

モモキノコは甘くて苦く、クセになる味だ。ぽこぽこと生えるので、量産にも困らない。

軌道に乗り始めたダンジョン経営。

近所に住む人は皆いい人であるし、食べ物も美味しい。

ヴァーモア王国にメグは完全に胃袋を掴まれていると自覚していた。

まだ半年で気は抜けないけれど、正直なところ、居ついてしまってもいいと思えるぐらいに。

もちろん、夫であるマテウスが好きなせいもあるけれど……。

最近では、ダンジョンを快く思っていなかったマテウス側近のリオネルやオーギュストも顔を出してくれる。

地味な数字であったけれど、経営は黒字が続いた。

契約の早期終了条件として、一年間黒字が続けば契約終了……の流れに向かっている。

気持ちの上では「やった！」と「待って」が混在しているのは認めざるを得ない。

契約終了は婚姻関係の解消――離婚にもつながるのだから。

でも、ベグロカの成功は仕事で、手を抜くことなんて考えられない。

私情は挟まず、数字とだけ向き合う。

半年の黒字――。

けれど右肩上がりにはなかなかならない、経験上、今の状態はふとした拍子に下がる可能性がある。

だから、ここで一発！

そんな、本日である――。

ベグロカの入り口は、大勢の貴族と冒険者で溢れかえっていた。

特に護衛のような恰好の人が多い。

二階層から五階層を貸し切りにしている今日は、影響力のあるゲストを招いている。

「さあ、コリン！　忘れ物はないのであろうな、練習を思い出すんだぞ」

マクナーテン伯爵が、過保護に一人息子の世話を焼いていた。

「うん、大丈夫、お父様。あまり大きな声で心配されたら恥ずかしいよ」

少年らしい高い声は、伯爵のご子息で八歳になるコリン・マクナーテンからしたものだ。

さらさらとした金髪は耳のやや下で切りそろえられていて、愛くるしい。

大きな青い瞳は、さっきまであちらこちらを珍しそうに見回していた。

新品の外套《マント》と、防御を強化した胴衣。

百三十センチぐらいの身長には、やや大きすぎるぴかぴかの剣。

コリンは今日、マテウスの手ほどきを受けながら、初めてダンジョンに挑む。

剣の素質があり、これまで訓練をしてきて、簡単なところであれば、大怪我はしないという剣の家庭講師の判断であった。

いわゆる、冒険者デビューだ。

そのお初をベグロカで行いたいというマクナーテン家からの打診があり、メグは相手の気が変わらないように手厚く大歓迎した。

三百年は遡《さかのぼ》れるマクナーテン家は、大陸においての影響力が絶大だ。

マクナーテン家は、現在はヴァーモア王国に仕える伯爵家で、以前はシュテラファン王国の貴族であった。

貴族は基本、領地である土地とセットな存在であるため、シュテラファン王国からヴァーモア王国へと変化したため所属が変わっている。

辺境の地を逞《たくま》しく守ってきたマクナーテン伯爵は機転が利くため、そのことで問題は起こっていない。

さらにマクナーテン家は、一族が全員、英雄であるマテウスの信奉者である。

「マテウス殿、今日はご指導よろしくお願いします」

ぺこりとコリンがマテウスへ頭を下げた。

「大きくなったな、コリン。畏まらなくていい、ダンジョンに共に入る時は、誰であっても仲間だ」

「はいっ」

素直で溌剌《はつらつ》とした返事に、メグの心も洗われる。

うんうんと頷いていると、コリンがととっと近づいてきた。

「王妃様。初にお目にかかります、マクナーテン伯爵家長男のコリンです」

「ご丁寧にありがとう。コリン様、ベグロカへお越しいただきありがとうございます。ここでは私はダンジョンの経営側ですから、どうか、気軽にメグと呼んでくださいね」

「はいっ、メグ様。よろしくおねがいしますっ」

メグもつられて笑顔になる。

「……っ、メグ。開始の時間を押している、行くぞ」

ぴくりとしたマテウスが、外套をひるがえして、わざわざ近くまで来て誘うように歩きだす。

――あれ、珍しく、緊張してる？

マクナーテン家のご子息を預かることに、ぴりぴりしているのだろうか。

メグは、離れて魔物との戦闘記録をする係である。

魔物を倒したなどの成績を嘘《うそ》はつかずに盛りつつ、コリン少年の初冒険が終わったあとに、ベグロカからの記念賞状を進呈する予定。

「出発だ――――」

マテウスのあとに続いていくコリンの、さらに後ろの護衛集団が叫び、同行するメグもそこへまざってベグロカへの入り口へ。

伯爵家の護衛なので、メグよりもコリンの周りを固めているけれど、気楽でいい。

「コリン、無事でなっ！」

マクナーテン伯爵の別れの声を、背中で聞く。

どう見ても怪我一つしない冒険であったが、深くはつっこまない方がいいだろう。

「ああっ！　コリン、コリンー」

「お坊ちゃまっ」

大げさなのは伯爵だけでなく、姉妹や使用人まで取り乱し始めたので、会場係を手伝ってくれているオーギュストが女性を宥《なだ》める声が聞こえた。

リオネルは、毒舌を封じこんで、ダンジョン内へついていくと意気込む執事を止めている。

――――二人とも、協力ありがとう。大変そうだけど、よろしく！

心の中で礼を言って、メグはダンジョンへと入った。

三階層へ下りると、コリンはさっそく、魔物に果敢に立ち向かった。

石の洞窟の造りである。

「やあああっ！　一匹めっ」

スライニーと呼ばれるゲル状の魔物は、一番弱い魔物だ。

毒も持たず、大人なら蹴《け》とばせば倒せる。デビューにはぴったりの相手。

「次っ、二匹かかってこい」

コリンの護衛は、さすがに空気を読んで手出し無用と、離れて見ている。

しかしながら、ご子息の周りでスライニーを適量だけ通したあとで包囲している感じにもなっていた。

「やーっ、はっ！」

「コリン。今は一匹倒したあとに気を抜いただろう。数が自慢ではない。確実に倒すために、雑に動くな」

「はいっ」

マテウスは、心得ているのか、真剣にコリンを指導していた。

――――よーし、私も。

何匹スライニーを倒したかだけではなく、どんな攻撃であったか、剣の向きなどの記録もより詳しくつけることにする。

パリン………。

――――えっ、パリンって……何の音？

その時、微かに何かが割れる音がして、メグは音の元を探すために振り返った。

特に何もない。

コリンは気づかずに戦っていたが、剣戟《けんげき》の近くにいたマテウスも気づいたようだ。

ドォォォォン！

次の瞬間、ダンジョンが大きく揺れた。

「きゃっ……！　な、何っ」

ガラガラと壁が落ちてくる。

風が渦巻き、まともに受けた耳や頬に痛みが走った。

とっさに身体をかばい、反射的に岩陰へと入る。

「コリン様をお守りしろ！」

「おお――――っ！」

メグより速く驚きから脱した一部の護衛が、コリンに向かって走っていく。

「…………!?」

まだ揺れる地面と風の中で、強烈な熱を感じた気がして、メグは気配の方を見た。

「――――えっ……なっ！」

目の前に……ベグロカ三階層の壁を破壊して、巨大なドラゴンが鎮座していた。

「ドラゴン！　ど、どうしてっ……」

隣国のカザラ王国のダンジョンの奥にいる超級の魔物で、ベグロカには気配がないとマテウスも言っていた危険な存在。

多くの冒険者が、ドラゴンに挑み、帰らぬ者となっている。

身をすくませて一歩下がったメグは、ジャリッと音のするものを踏んだ。

ガラスに似た素材の魔法片が地面に散らばっている……。

――これ……封印の小箱？

瞬時にメグの頭の中で、さっき聞いた割れた音と、つながっていく。

実物は見たことがなかったけれど、商人としての知識で知っている。

珍しい魔法道具の一種であった。

魔物を捕らえて封印できる道具で、持ち運んで別の場所で放つこともでき、船の上で魔物を放たれて船が沈んだ記録もある。

――まさか、人が多くて、チェックが甘い日を狙《ねら》って。

誰が？　どうして……？

「うわあああっ！　ドラゴンだ」

「ひっ……し、死ぬのか、おれっ」

すでに腰を抜かしている護衛もいる。

「取り乱すなっ、ただのドラゴンだ！　コリン、俺の後ろに来い。今から斬《き》りかかる、隙《すき》ができたらすぐに護衛と逃げろ！」

「は、はい……っ」

緊張感を帯びたマテウスの声が、素早く司令塔となっていく。

まとまりが崩れていた護衛が、全員我に返ってコリンを囲むようにガードした。

岩陰にいたメグへ、マテウスが一瞬目を向けた。

それだけで理解し、こくりと頷く。

――――もう、怯える気持ちは消し飛んだ。

ドラゴンが放たれてしまった経緯は、今考えても仕方ない。

このまま、死傷者が出れば、今日のイベントは大失敗である。

ましてや、コリンが怪我をしたり、怖い思いをして心を病んでしまったりしたら……！

今、メグにできることはご子息と護衛を安全に避難させること……これは、すでにマテウスが背にかばっている。

あとは、マテウスやコリンと離れた岩陰にいるメグは、足手まといにならないように逃げだすだけだ。

――――マテウスが攻撃して、護衛とコリンが走りだしたら……。

タイミングを計り、息を潜める。

「俺が相手だっ！」

マテウスが大剣を手に、ドラゴンへ飛びかかるように跳躍した。

硬い鱗に斬りつけて、怯《ひる》ませる。

コリンは護衛に囲まれて動きだし、無事に避難できそうであった。

けれど、その時……。

「メグ様、危ないですっ！」

果敢にも、コリンが護衛を振り切って、メグの方へと飛び出してくる。

「えっ？　えっ？　コリン様……」

何事かと慌てて手を広げてコリンを受け止めると、岩陰から飛び出した形となったメグの元いた場所に、ズドンとドラゴンの尾が刺さっていた。

「ひっ……あ、危なかった……」

正面だけでなく、背後も同時に攻撃されたのだ。

「コリン様、ありがとうございます。おかげで――えっ……？」

恐ろしい速さで、ドラゴンが向きを変えていた。

メグとコリンの身長を足しても足りないぐらいの大きな魔物の顔が、間近にある。

赤金色の巨体に、緋色の瞳のドラゴンであった。

鼻息がかかり、微かに息を吸い込む気配。

大きな口が開き、今まさに、炎の息を吐きそうな瞬間――。

メグはとっさにコリンを抱き締めてかばい、ドラゴンと対峙するように目を見開いた。

剣も魔法も使えないメグが、できる能力は一つ。

一瞬しか、足止めにならないとしても――。

「け、契約書の作成に入りますっ」

――――黄金の契約！

メグの金色に輝いた瞳の中で、ドラゴンの緋色の目が丸くなった気がした。

特記事項のない魔法書面が空に浮かぶ。

「……………我と会話ができるとは」

「えっ…………ドラゴン、さん？」

言葉が通じないはずの魔物が、メグにわかる響きで語りかけてくる。

「如何《いか》にも、我は火のドラゴン、ヴァンドロス――――」

「メ、メグと申します……」

そうか、ドラゴンって知性があるから――――。

こんな風に契約の瞳を使ったことがなかったけれど、書面を通しているせいか、意味が理解できて、意思の疎通ができているのだ。まさかの翻訳機能にびっくりである。

ヴァンドロスは、攻撃をしようとしていた時よりも、理性的であった。

背中に追い打ちをかけようとしていたマテウスを、メグは首を横に振って止める。

「ええと、ヴァンドロスさん。私達は貴方に害をなす気はありません。だから、こちらにも害をなすのは止《や》めてください」

ヴァンドロスの瞳が、キロリと背後を見るように動いた。

さっきマテウスに斬りつけられたことを示すのだろう。

「い、一撃だけ……私の夫がごめんなさい」

「ははは っ、おまえの身内なら、許してやろう。我も混乱しておったからな――洞窟を破壊してしまったし、はて……ここは、知らぬ大地であるな」

どうやらドラゴンは自らベグロカに来たのではなく、連れてこられたようだ。

「あの……もしかして、封印をされていましたか？　魔法道具が割れた破片が近くに落ちていました」

「うむ。我はカザラ王国のダンジョンに棲《す》んでいた。ぽつぽつと挑んでくる冒険者に火の息を吐き、蹴散らしておった」

――どこかのダンジョンの主みたいな感じだろうか。人が少ないのなら、踏破済みダンジョンかな……。

ヴァンドロスが、素でもほんのりと温かい溜め息を吐いてから続ける。

「実に気楽であったが、ある日、精鋭揃いの魔法使いに囲まれて集中砲火されてな……その後に攻撃をしてきた剣や弓を使う者も、今まで相手にした誰よりも強かった」

「すごいパーティが攻めてきたんですね」

村や街を襲ったわけでもなさそうだし、ヴァンドロスもそんな気性には見えない。

「思い出すだけで忌々しい……奴らは、我に止めを刺さず、拘束した状態で回復魔法をかけて、なにやら小箱に封印をしたのだ。倒せるものをわざわざ生け捕りにするとは――」

「それで、封印から目覚めたらここだったんですか？」

「うむ……」

話がつながった。

船の事故と同じで、誰かが、ヴァーモア王国に害をなすために放ったのだ。

捕らえたのがカザラ王国内であるなら、その国の冒険者が捕縛に参加した可能性は高い。

精鋭揃いのパーティならば、依頼主となる大金持ちや権力のあるスポンサーがいるだろう。

想定される事実は……。

――カザラ王国の妨害……？

悪い予感がした。

けれど、正直に話してくれたヴァンドロスに対して、傷つけられた記憶を、今これ以上刺激したくはない。

――見た目は怖いのに、辛そう……。

メグは、ヴァンドロスの鼻先にそっと手を置いた。

「大変……でしたね」

ごつごつの鱗を撫でると、ドラゴンが目を伏せる。

「我に同情してくれるのか。なにやら、こそばゆいの」

「たいしたおもてなしはできませんが、人に怪我をさせたり、ダンジョンを壊さないでくれるのなら、落ち着くまでゆっくりしていってください」

見世物にするなんてあくどいことはできないけれど、遠くから傷つけず騒がず見るくらいのことを許してもらえるのなら、ご飯ぐらい出せるかも。

メグは、ドラゴンが好んで食べている植物がベグロカ内や、ヴァーモア王国に多く自生していることを思い浮かべた。

「優しい人間よ。なにやら居心地がよさそうであるな……そなたも近くに住んでいるのか？」

「一応は……この場所、ヴァーモア王国で王妃をしています。あと半年はいます。ほとんど毎日、今いるダンジョン――――ベグロカの入り口辺りにいます」

ドラゴンのお世話の仕方は知らないけれど、一匹でダンジョンに住んでいたのなら、身の回りのことぐらいはできるだろう。

「うむ。では、棲むことにしよう。カザラ王国には戻りたくないのでな。我に帰るところなどない」

「えええっ⁉」

――――そこまでお誘いしてないいんですけどっ！

メグの目の前にある空《くう》に浮かんだ魔法書面が、ドラゴンヴァンドロスの雇用契約と、自動書記されていく。

「これは、魔法契約なのであろう」

長寿なドラゴンは、知識が豊富であり、魔法の応用はお手の物らしい。

勝手に〝住居の提供〟とか〝傷つけられたら反撃可〟とか〝ダンジョンの破壊行為は禁止〟と記されていく。

……棲みたいと思ってくれるのは嬉しいいし、ベグロカのことを考えると、願ってもないシンボルだった。

「えーと」

メグの頭の中が、素早く商魂を燃やすモードに移行する。

丁重にお迎えはするけれど、無料《タダ》飯食らいは、黒字ギリギリのベグロカで雇う余裕はない。

「マスコット扱い――――たまに見世物っぽくなってしまってもいいですか？」

「ほっほっほぅ……正直であるな。面白い王妃だ。さぞかし、ヴァーモア王国は愉快であろう。うむ、構わぬ。婦人や子供に触らせるぐらいはしてやってもいいぞ」

ドラゴンがメグの手に、もっと撫でろと言わんばかりに鼻先をぐいっと突きだした。

反射的にそれをナデナデする。

「では、そのように。閉じ込める気はないので、三階層をヴァンドロスさんの住居兼仕事場とし、空へ飛び立てるだけの穴は用意します。ただ、丸一日ダンジョンを空ける場合は、一週間前に申告をお願いします。ドラゴン見学をお目当てで来た人ががっかりしますので。食事は三食ですか？　五食ですか？」

「人間に合わせて三食とするかの。他にいい働きをした際は、差し入れを持ってきてくれればいい」

おやつはご褒美――――と。

色々とまとまったところで、メグはドラゴンとの契約を締結した。

魔法契約書が光を放って二枚に分かれて、一枚がメグの手の中へ、もう一枚がヴァンドロスの前へ舞い、ぱくっと飲みこまれてしまう。

どうやら、食べる以外に体内に保管場所があるみたいだ。

書面が確かにあるということで、メグは緊張の糸が切れて、あまりの出来事に身震いした。

――ド、ドラゴンと黄金の契約しちゃった！

ヴァンドロスは、立ち上がり、律儀に三階層の中央へと歩いていく。

「あっ！　ヴァンドロスさん、ありがとうございます！」

「――――」

もう会話は成立しなかった。

黄金の契約を挟まなければ、言葉が通じないのだろう。

けれどもう、急いで話すべきことはなかった。

傷心なのだから、そっとしておいてあげよう……。

どうしても細かく伝えたいことがあれば、食事や待遇の細かいことをまた追加契約すれば、
魔法書面で話ができる。

その時、ヴァンドロスの身体からキラッと何かが光るものが抜けた。

メグに向かって、ゆっくりと舞うように放物線を描いて飛んでくる。

「鱗……？」

ひときわ大きな手のひらサイズのそれを、メグは両手で受け止めた。

貝殻みたいな、ヴァンドロスの身体を覆う他の鱗よりも、濃い金色のものだ。

「えーと、くれるの？」

返事はなかったけれど、プレゼントらしいことは察した。

「メグ！　何があったんだ？　話をしていたようだが、なぜ言葉が通じたっ。ドラゴンはなぜ攻撃してこない」

マテウスが詰め寄ってきて、コリンにも護衛の人達にも囲まれてしまう。

――質問攻めになる予感。

「私の能力で会話が成立しました。ドラゴンは、ヴァンドロスさんという名前で、危害を加えない約束をしてくれましたので、攻撃しないでください……詳しいことはあとでまとめてお話しします」

まずは、停戦である。

「それから、ヴァンドロスさんはここに棲んで、ベグロカを盛り上げてくれることになりました。女性や子供ならお触りしてもいい契約を結びましたので、丁重にお迎えしてください」

「おおおっ！　ドラゴンと盟約だっ」

「さすが王妃様だ！」

護衛が盛り上がって叫ぶ、意味を少し勘違いされたみたいだ。

「ドラゴンと盟約ではありませんよ。棲まいの契約です」

超級冒険者ができる類いの、服従させて血の盟約を結んだとかではない。

メグの否定に護衛が不思議そうな顔をする。

「だって、王妃様が手にしているそれ、盟約の鱗ですよね？　ドラゴンを呼べばいつでも飛んできてくれるドラゴンの核に近い大事な鱗」

「えええっ！　し、知らない。どうしよう……」

なんてもの寄越《よこ》すんですかっ！

「最強の王妃様だっ、ヴァーモア王国万歳！」

冒険者中心に構成されていた護衛は、ますますテンションを上げている。

一方のマテウスは、なにやらぶすっとした顔をしていた。

「マテウス……勝手なことをしてごめんなさい」

メグは、護衛の輪を抜けて、マテウスへと近づいた。

「何を謝る、ベグロカのことを考えると、最高の判断だ。間違いなく客は増えるし、俺も鼻が高い」

「……でも、不機嫌そうですよ？」

「あのドラゴンは、雄か？　いや、俺の心が魔物に対してまで、狭いわけではないはずなんだが……」

後半はぼそぼそとして、彼にしては歯切れが悪い。

ドラゴンには性別がないような気がしたけれど、調べなければすぐにわからない。

あったとすれば、ヴァンドロスの身体を調べるか、もう一回聞くのが早いけれど――。

「その質問、急ぎですか？」

どうしても必要なことであれば何か手段を取らなければと、メグはマテウスに尋ねた。

「むっ！　い、いや、不要であった。忘れてくれ」

「……？　もういいんですか？　参考までに、口調からするとおじいさんみたいな感じでしたけど」

「おじいさん……！　男ではないかっ、そっ、その鱗だが、いらなかったら捨てるんだぞ」

「大切なものだってわかるから、捨てませんよ。どうしてです？」

変なマテウスだ。

その時、護衛に身体に傷がないか調べられていたコリンが、彼らの手を逃れてメグへと飛びついてきた。

「メグさんっ。助けてくれてありがとう、尊敬しますっ」

無垢《むく》な喜びに抱きつかれると、その金髪が揺れて母性本能がくすぐられる。

怖かったよね……。

よしよしとメグはコリンの背中をさすった。

「最初にかばってくださったのは、コリン様ですよ。勇ましい貴方は、きっと立派な冒険者になれます」

「そんな……が、頑張ります」

素直に照れるコリン、いい子だ。

「ぼくも早く一人前の男になりますね。お礼を込めて――――んっ」

チュッと頬で音がして、微かな感覚。

貴族の子供からの親愛の示しであった。

「あ────っ！」

マテウスが大声で叫び、メグは何事かと目を丸くした。

「コ、ココ、コリン。マクナーテン伯爵家とは長い付き合いであるが、俺の妻にキスだとっ」

「子供相手に、何言ってるんですか、マテウス。いきなり大声出さないでください」

「うおおお────っ」

マテウスが吼《ほ》え、コリンは「早く大人にならなくちゃ……」と目を逸《そ》らす。

巣作りを始めたヴァンドロスが、尾をひらひらと振る。

まさかのモテ期到来かもしれない。

かくして、コリン・マクナーテンの冒険者デビューは、誰の怪我もなく無事に終わった。

ご子息が無事で、向上心をも見せたことで伯爵家は大喜びであり────。

イベントは大成功に終わった。

そして、棲むことになったドラゴンも、強力な目玉となりそうで……。

ダンジョン経営周りのことは、素晴らしい結果であった。

けれど、見逃せないことはある────。

ドラゴンを封印の小箱から放った犯人……。

逃げようとしていた犯罪者を目ざとく捕まえたのは、マテウス側近のリオネルとオーギュス

トだった。


「あ、貴方は……買い物をしてくれていた、冒険者さん……」

三日後に引き合わされた彼を前に、メグは衝撃を隠せなかった。

取り調べのための簡素な室内の中央には、縄で捕縛されたグザヴィエという密偵が床に座らされている。

「…………」

名乗らなかった彼の名を、こんなところで知るとは思わなかった。

地下にある格子窓のある部屋には、立ち尽くすメグと支えるマテウス、長机に座った厳しい顔をしたオーギュストと調書を手にしたリオネルで狭く感じる。

廊下と窓の外には、物々しい警備も敷かれていた。

「はい、カザラ王国の密偵、グザヴィエです。いやー、オーギュストの取り調べでペラペラと吐いてくれて助かりましたよ、ええ！」

調書を読み上げるリオネルは、いつもの陽気な毒舌に怒りを滲《にじ》ませていたから怖い。

オーギュストの尋問も、想像したくない感じだ。

グザヴィエの顔は少しこけているものの、もともと痩せ型の身体には、見えるところに拷問の傷がないので、尚更《なおさら》である。

今は取り調べ官みたいに、この場を「クズが」と……放つ冷気で支配しているし。

「依頼主は、カザラ王でした。やっぱり、ヴァーモア王国の建国には大反対だったみたいですね。成り上がりの辺境国と常に腹を立てていたみたいです。あながち間違っていませんが、密偵で妨害工作なんて、小さい男です」

――カザラ王が自ら依頼？

メグは、国を統《す》べる王族が指示したことだと聞いて、息を呑《の》んだ。

「まあ、カザラ王国としては、間にヴァーモア王国ができてしまって、シュテラファン王国に攻め込めなくなったから、欲求不満だったんでしょう。だったら、堂々とマテウス様を倒しに来ればいいのにね。カザラの冒険者を引き連れてこられないなんて、人望ないね！」

「リオネル、感想は必要ありません。簡潔に報告してください」

ぴしゃりとオーギュストが止めた。

「はいはい。でっ、その、ただでさえヤキモキしていたカザラ王がヴァーモア王国でダンジョンが出たことをマテウス様がアンゼリュー商会に行く前から、知っていました。失敗しろ！　笑ってやる！　と放置していましたが、最近になって自国のダンジョンで冒険者が減ったことに気づいてうちの客を取るな！　と、まあ守銭奴です」

「ダンジョン経営のせいで、ドラゴンが放たれたのか？」

マテウスが訝《いぶか》しむように口を挟む。

「感情的なきっかけでしょうね。遅かれ早かれ、大きなことをしていたと思います。現に、マテウス様が王妃様を娶《めと》ると聞いて、このグザヴィエが、人を雇って山を崩す妨害工作をしたみたいですし。結婚式準備は大急ぎ優先で、情報ダダ漏れでしたから。ヴァーモア王国の世継ぎは、カザラ王国の姫を嫁がせて産ませたかったみたいですねー」

「ええっ！　あの倒木から……」

メグは驚きの声を上げた。

アンゼリュー商会から旅立ち、ヴァーモア王国へ入る前の旅を思い出す。

強い雨も降っていないのに、多くの倒木が土砂崩れで道を塞いでいた。

「ついでに、ギルド近くの広場に魔物を放ったのも彼です。手口は同じ、封印の小箱ですね」

「あの騒ぎでメグは風邪を引いて苦しんだんだぞっ！　ぐっ……」

悔しげにマテウスが拳を握りしめる。

心配は嬉しいけれど、気遣うのは広場の商店とか街の人とかにして欲しい。

現に「風邪の話じゃない……」とオーギュストは冷めた目だ。

リオネルがコホンと咳《せき》払いをして続ける。

「本気でベグロカの経営に乗り出したのが癇《かん》に障ったんでしょうね。ダンジョンはカザラ王国の専売特許みたいなものでしたから」

「その後も、ベグロカは冒険者のふりをしたグザヴィエに監視と報告をされていました。わたくし達は、その頃まだ誰が密偵か摑めず、牽制《けんせい》も含めてお二人のもとへ顔を出していました」

「えっ、あれ……買い物に来てくれてたんじゃなかったんです？」

オーギュストはいつも、モモキノコのおやきを買ってくれていたではないか！　味がお気に入りなんだと思っていたのに。

「あれは、監視に都合がいい昼食です。片手で食べられる」

「う……はい」

味とか気にしなさそうなんだよね……うん。

お客さんが多くて、メグもマテウスも警戒心なく皆と仲良くしていたから、怪しい人を絞れなかったのかも。

からからと笑いながらリオネルが得意げな口調になる。

「ヴァーモア王国のダンジョンは軌道に乗りそうだと判断したんでしょうね。その時にちょうど、マクナーテン伯爵のご子息の冒険者デビューです。派手に告知をしましたからね。なぜカザラ王国でデビューしないのか真っ青になっているのを想像すると、いい気味です！　ざまあみろです」

「感想はまぜないように」

リオネルがまたオーギュストに怒られた。

「はいはい。それで、イベント当日に深刻な打撃を与えてやろうと、カザラ王はドラゴンを放つ計画を思いつきました。ヴァンドロスはあまり人けのないダンジョンに生息していましたから、ドラゴン一頭ぐらい、いなくてもいいやーコイツにしておけってとこですね。事情を隠して超級の冒険者を募って捕獲させたようですね」

「マテウス様やわたくし達と、懇意の仲である冒険者も参加したようでしたから、この点については、ぼかす配慮が必要かと思います。知らずにヴァーモア王国へ害をなすことに加担させられたと知ったら、胸をえぐって詫《わ》びそうな輩《やから》もおりますので」

「ああ、そうしてくれ」

マテウスが苦い顔をする。

「そして、マクナーテン伯爵のご子息が三階層に入った時に、このグザヴィエが、封印の小箱をガッシャーンで判明。ドラゴンはマテウス様一人で退治できそうだったので、僕らは犯人が逃げだしたところを捕らえたってあらましですね」

「放たれるまで気づけなかったことを申し訳なく思います」

オーギュストは「一生の不覚っ」と深刻そうだ。

「よくわかった。カザラ王は……ロドリグだな。俺が吊《つる》してくる！」

「ちょっ……マテウス！」

マテウスが息巻き、メグは慌ててその手を制した。

「まずは、話し合いですよっ」

そうやって宥めると、リオネルとオーギュストからも援護射撃が飛ぶ。

「王妃様のおっしゃるとおりですね。場を設けましょう」

「わたくしがカザラ王国への使者になりましょう。シュテラファン王国の王にも、カザラ王国に異変があれば知らせるように言われていますので、そちらへも報告を」

三人で協力態勢を取り、スムーズにマテウスを抑えつつ、落としどころが話し合いになった
メグは俯《うつむ》いた。

倒木も、広場での魔物騒ぎも、ダンジョンでのドラゴン事件も――。

全部、カザラ王の陰謀だったなんて……。

本人が来るのなら、絶対に顔を見てやろうと思った。


一カ月後――。

ヴァーモア王国の王城の大広間には、錚々《そうそう》たる顔ぶれが揃っていた。

誰が上座かわからない、黒く艶《つや》やかな円卓。

それとは別の、少し離れた椅子で同室を許されたメグの位置からは、彼らは国の位置どおりに並んで見える。

中央にはヴァーモア王のマテウス。

右隣には、ドラゴン事件の報告を受けて、重鎮ではなく本人が話し合いに同席すると訪れたシュテラファン国王。

メグはアンゼリュー商会で王宮からの仕事をいくつか受けたが、パレードや国事で見たこと

があるだけで、実際に王であるルンハルトと同席するのは初めてであった。

確か今年で四十一歳の若き王……アーモンド形の瞳に、長い銀髪を片方の肩で束ねている。

賢王として慕われ、商業で潤う国を円滑に統治する温厚な顔立ちは、いつになく険しかった。

――うん、怒ってる……マテウスとは仲がよいし、口下手な彼の代わりにカザラ王国へ意見してくれる気でいるよね。

左隣にはカザラ王国の王、ロドリグ。

灰色の髭《ひげ》を生やした、恰幅のよい王であった。眼光は鋭いが、歴戦の冒険者のものではなく、悪徳商人に見える。

年齢不詳な感じを受けるが、五十歳は超えているだろう。

ロドリグは、最初は代理を立てると言い張っていたが、シュテラファン王が来ると聞いて、しぶしぶやってきた。

二国に都合のよいように手を組まれてはたまらないという判断だろう。

どの王も、見事な盛装であったが、ロドリグのそれは、宝石のボタンに過剰な鎖の装飾と、成金趣味といった派手すぎるものであった。

――第一印象から受ける勘は、取引をお断りタイプ……。

初見で決めつけないように努めてはいるが、メグの商人としての直感はよく当たる。

ロドリグは、いったん決まった仕事を、あとから次々と増やして振り回してくるタイプの匂いがする。

話し合いは始まってすでに一時間が経過していた。

ロドリグはどうでもいい話題ばかりを大げさにして、次々と話の腰を折り、己のペースに乗せようとしているのが見え見えであった。

「いやはや、ダンジョン・ベグロアでしたかな。素晴らしいという噂ですなぁ」

「ベグロアではなく、ベグロカだ」

ロドリグがまた脱線し、ダンジョン名を間違える。素でもわざとでも最悪だ。

失礼な発言だらけで、訂正したマテウスはすっかりご立腹である。

「カザラ王よ、いい加減にしろっ。俺達は世間話に集まったんじゃない！　王自らが雇った密偵グザヴィエが、ベグロカにドラゴンを放った。奴は企みすべてを白状し、その他に行った妨害工作も書類にはっきりと記してあるだろう」

話し合いの開始時に、各国の王へ配った書面に、ことのあらましは記してあった。

「……騙《かた》りである。密偵一人とその者に雇われて山を崩した人足《にんそく》の証言など信じるに値せぬっ！　グザヴィエとは誰だっ？　証拠にならんわ！　わしが腹を立てる前に、疑いを晴らして謝罪をすれば、カザラ王国のダンジョン経営の技術を教えてやろう」

「必要ない。ベグロカはどこのダンジョンよりも成功に向かっている」

いがみ合ったマテウスとロドリグを、シュテラファン王のルンハルトが取り成す。

「お二方とも落ち着いてください。わたしは、三国が穏やかに繁栄することを願っています。手を取り合うことはまだできなくても、手を出さないことを誓いませんか？」

優しい声音であったが、意志が強いはっきりとした響き。

一瞬だけ、マテウスとロドリグが黙った。

この話し合いの落としどころは、不可侵の同盟であった。

聡明なシュテラファン王が提案したもので、マテウスにとっては願ったり叶《かな》ったりである。

ロドリグの謝罪と賠償は、グザヴィエを切り捨てて認めないことを想定に、最初から諦めていた。

「はっ、誓いだと？　新興国を認めてやっているのに、さらに要求をするとはありえぬわっ！　呆《ほう》けたなぁ、シュテラファン王。間にヴァーモア王国が入り、安全圏からなにやら吠《ほ》えていても響かんわ」

カザラ王ロドリグの暴言に、さすがのシュテラファン王も眉《まゆ》を吊り上げた。

頭に響く嫌みな声が、調子づいたままに続く。

「強者が大陸を制す！　シュテラファン王国の貴族社会は、階級の壁を低くして商人を蟻《あり》のように働かせてももはや限界であろうに。これからは冒険者の時代だっ。我が国が鍛えた精鋭冒険者を見よっ！　ひれ伏すのはどちらであろうか」

――――うわっ、最悪！

この発言には、カザラ王とその側近以外の者すべてが、怒りを露わにした。

メグも商人を馬鹿にされて、挑発だと思って流そうとしても、腹が立つ。

「……………そうか、強者が勝つか」

マテウスが、ぼそりと呟いた。

見たことがないほどに顔が怖い。強面《こわもて》が凄《すご》みを増している。

してやったりと反応したのはロドリグだった。

「そうです、すべては強者の――――」

「はあああっ!」

ドンッ‼ バキバキッ……!

すごい音がして、部屋中が揺れた。

その破壊音の正体は誰もがすぐにわかる……。

マテウスが円卓を拳で叩き壊したのだ。

――――ああっ、その円卓っ、脚がマホガニーで、台は一枚岩の黒曜石なのに!

彼の怪力を知っていたメグは、恐ろしさより調度品の値段を心配した。

「ひっ、ひぃぃぃぃっ!」

驚いて椅子から転げ落ちるロドリグ。

マテウスが唸った。

「ならば、俺が強者となろう! 邪魔する奴はぶち倒す!」

「…………」

ああ、王様が一番やってはいけない、拳で解決――――。

メグの脇に立ち様子を見ていたリオネルが、赤毛の頭を抱え掻《か》き毟《むし》り、オーギュストが「脳筋王がっ」と零《こぼ》す。

しかし、愚直すぎる行動は、ロドリグにとって想定外に効いたみたいだ。

「わ、わわわ……わかりました。怒りに触れないようにしましょう」

「カザラ王よ、俺は気が短い。二度はない」

「はははいっ！」

マテウス式の筋肉解決になるかも……？

「ふふっ、さすがはヴァーモア王ですね」

シュテラファン王が苦笑し、場の空気が柔らかくなった。

その優しい肯定には、メグもマテウスの行動を、ありだと思えてしまうから、不思議である。

壊した円卓は、彼のポケットマネーで弁償決定だけど、辺境王らしい解決方法だ。

話し合っているよりも生き生きしているし……。

あのロドリグを一発で黙らせるなんて、すごい！

メグはちょっとマテウスの短慮を尊敬した。

「では、カザラ王はヴァーモア王を強者とお認めになったことですし、不可侵条約を決めましょう」

抜け目のないタイミングで、ルンハルトが話を詰めにかかる。

「い、いや……それは、お待ちを、シュテラファン王」

我に返ったロドリグが、椅子に座り直す。

「時に、王妃様の身体の調子はいかがですかな？　何でも十年以上も咳が出て止まらぬとか」

――王妃様？

話が飛んだ。もちろん、王妃とはメグのことではなく、シュテラファン王妃を指す言葉。

確かに、王妃の肖像画はあれど、病弱であるからと公の場では見たことがない。

「くっ……」

唇を結んだルンハルトへ、ロドリグが悪魔のように囁く。

「わしは全部知っておるわ。薬花の成分が入ったポーションでしか、延命できぬ咳の止まらぬ病。ポーションは簡単に作れても、素材となるハウレッタ花はカザラ王国の二つのダンジョンの奥地にしか咲いていない」

してやったりと、畳みかけてくるロドリグ。

「冒険者を寄越して、採取させていたようですな。ですが、そのダンジョンは両方とも半年ほどで閉鎖せねばなりません。あの花の薬効はポーションにしても一月《ひとつき》しか持たぬが……さて、どういたしましょうな？」

「王妃の病はそこまで酷《ひど》いものなのか!?」

マテウスがルンハルトへ心配そうに声をかける。

「ええ……皆の者に余計な不安を与えないために緘口令《かんこうれい》を敷いていました。調子のいい時は、難なく過ごせるのですが、咳が始まると見ていられないほどに。まるで命が削れていくようで、不憫《ふびん》で……わたしは……」

「薬で恐喝とは非道なことをっ！」

「暴力よりはマシですな。だいだい、わたしは脅してはいません。ただ、ダンジョンをしばし閉鎖すると言っただけ。こちらにも事情というものがあるのでね」

怒れるマテウスに、あくどいロドリグ。

――――大変なものを人質にされちゃった……。

…………あれ？

「…………」

メグは聞き覚えのある言葉と薬効に、首を傾《かし》げた。

ハウレッタ花……うん？　ハウレッタ花？

「マテウスっ、それってあの花のポーションです！」

王達の御前も忘れて、メグは叫んでいた。

マテウスがメグに初めて贈ってくれたダンジョンの花で、珍しいポーションとなる素材。綺麗《きれい》でずっと見ていたいけれど、枯れてしまうからと、栽培地を作ったのだ。

環境をダンジョン内の生息地に合わせた今は、元気に大繁殖している。

「おおっ！　シュテラファン王よ、ハウレッタ花はベグロカにあるぞ。ポーションも毎日補充して売っている。安心してくれ」

「ああ、感謝いたします……」

「馬鹿なっ!?」

驚愕《きょうがく》したロドリグが、話し合いの結果のすべてを物語ることとなり――――。

三国の不可侵の同盟は結ばれ、カザラ王は逃げるように帰っていった。

その、でっぷりとした背を捕まえて、戦い足りないとばかりに釘を刺したのはマテウス……。

「俺に手を出しても、妻とダンジョンと国には手を出すな」

「はいいいいっ！」

暴れたりないマテウスを置いて、話し合いは終わった。


それから、シュテラファン王ルンハルトは、ポーションを求めにダンジョンの前を訪れた。

実際に、ハウレッタ花のものであるのか、すぐに自ら目で確かめないとならないと言って。

マテウスや近衛《このえ》兵に囲まれながら、ルンハルトが商品棚へと手を伸ばす。

「――――」

メグは店番を頼んでいたおばあさんのペラジーと交代してエプロンをつけて、カウンターの中から、その様子を見守った。

「こ、これは……本当に、間違いなくハウレッタ花のポーションです」

ポーション瓶を光にかざして色合いを見て、もれる香りを確かめて、ルンハルトが感激している。

「全部買わせてもらおう。おいくらですかな？」

購入を伝えられ、メグは愛想のいい笑みを浮かべた。

さすがは商売の国の王様だ。無料で寄越せとは言わないところが大尊敬である。

「はいっ、ありがとうございます。一本シュテラ半銀貨一枚ですから、全部で――――」

「わざわざ来てくれたんだ。持ち帰ってくれて構わない」

メグを遮り、商売っ気ゼロなことをマテウスが言ってのける。

シュテラファン王の、ヴァーモア王国の市井とかかわる優しい気配りが台無しであった。

「お願いして売っていただいているのに、そんなわけにはいきません。ハウレッタ花のポーションは、どれだけ安くてもシュテラ金貨一枚はするものです」

「むっ、知らなかった」

マテウスが唸り、メグはこれから儲けるための算段を会計をしながら考える。

代金を受け取り、ハウレッタ花のポーションを箱に詰めて、ルンハルト自らに恭しく渡す。

その時、ルンハルトはメグが大広間で声を出した人物と同じであったことに、気づいたみたいで……。

「おお、貴女《あなた》は、先ほどハウレッタ花のポーションを売っていると教えてくれた方ですね。ありがとうございます」

「えっ、はい……王様のお話に割り込んでしまって、ごめんなさい」

「貴女は売り子でいらっしゃるのですか？　大広間にいたということは、相応の身分の方だと思いますが」

ややこしくなりそうだから、黙っていようと思ったけれど、そうはいかないみたいだ。

「むっ、紹介が遅れたっ！　俺の妻でヴァーモア王国の王妃だ」

とりあえず、エプロンを外して、店の外に出てご挨拶――――と段取りを考えたのに。

マテウスがメグとルンハルトの間に来て、あっさり紹介してしまった。

「お、ほほ……こんなところから、失礼します。メグと申します」

どうにか取り繕って、ぺこりと頭を下げる。

店のカウンター越しに王妃を紹介とか……！

呼びつけるなりして、もっと普通にして欲しかったとマテウスへ目くばせするも、彼は妻自慢を始めるのに忙しい。

「メグは、貴国のアンゼリュー商会の代表をしていて、ダンジョン優秀なアドバイザーだ。妻が嫁にきて、ベグロカは最高の地に変わりつつある！」

――それ、説明になってませんからっ。

妻が嫁にきたっておかしいですし、アドバイザーと別で話さないと！

しかし、空気が読めて、マテウスと付き合いの長いシュテラファン王は動じなかった。

「これはこれは、お会いできて光栄です。アンゼリュー商会といえば、離宮を建てていただき大変お世話になりました。商会を中心に、流通も盛んになり、国の皆が満ち満ちた顔で暮らしているのも、すべてはアンゼリュー商会のおかげです」

「……っ、ありがとう……ございます」

メグは嬉しくて言葉に詰まった。

王様自らにお礼を言われる日が来るなんて、思ってもみなかった。

絶対に父にも商館の皆にも報告しないと！

「代表がやり手の娘さんに変わったことも、わたしの耳に入っていました。その後、さらに活気づいたアンゼリュー商会のことも……貴女がヴァーモア王国についてくださったのなら、百人力ですね」

優しく手を握られた。ねぎらいの握手である。

商人をしてきたよかったと、誇りに思う……。

最高に光栄なことであったけれど、メグはこれからの展開を思うと、感動している場合ではなかった。

「シュテラファン王！　俺の妻に軽々しく――」

やっぱり、マテウスが割り込んできた。

「はいっ！　中もご案内しますね。近衛の皆様もどうぞ、休憩所もありますのでオレンジライムシーで喉を潤してください」

マテウスがルンハルトに失礼を働かないうちに、メグは動きだした。

近衛兵から声が上がる。

「オレンジライムシーがあるのか～」

「格安なら、女房に何か買って帰るかなっ！」

よしっ、商機は訪れた。

メグが頭の中で算盤をはじくタイミングで、様子を見守っていたマテウスの側近二人が、すかさず声を上げた。

「筋肉増強ポーションが今ならシュテラ銅貨五枚ですよ。先着、二十本ですからね！」

リオネルが商売上手にすらすらと語った。

――――勝手に値上げされたしっ！

今まさに売り込もうと思っていたものを、先回りされてしまった。

しかも、シュテラ銅貨三枚だったのに、五枚にされている。今のノリなら、街よりは安いから売れるかもしれないけど。

「安いなー」

「俺は五本買うぞ」

さっそく、売れそうだ。

食事コーナーからは、オーギュストの声がする。

「虜《とりこ》になるような美味しい料理も提供しております、どうぞご試食を」

長い話し合いの見張りで、お腹をすかせていた近衛兵が殺到した。

「リオネルさん……オーギュストさん」

その光景に、メグはルンハルトから直接言葉を賜ったのと同じぐらい胸がいっぱいになった。

ダンジョンに反対していた側近の協力――――。

彼らの心を動かせたのだ。ベグロカは商機だと……！

メグにとって百人力である。

「まさかっ、あの二人がベグロカに協力してくれるなんて」

マテウスもメグの隣で驚いた顔をしている。

「王様が頑張っていることを、認めてくれたんですよ。反対されても踏ん張ったマテウスの勝ちです、おめでとうございます！」

「お前がいてくれたからだ。感謝する……王と王妃の愛の結晶がここにあるっ！」

「………えーと、他に言い方ないですか……？」

気づけば――手をつないでいた。

喜ぶ気持ちを、熱を、触れ合わせたかったから……。

ダンジョン・ベグロカは、この日を境にさらに有名となった。

注目を浴びて、話題となり、押し寄せるような人が訪れ――。

赤字しかないと避けられていたダンジョン経営は、まぎれもなく大成功となった。

【第七章】望んだ大成功、願わぬ離れ離れ～求めあう心の最深部～

メグは執務室で帳簿を眺めていた。

三国での話し合いのあとから、黒字だったダンジョン経営は右肩上がりどころか倍々になって潤いを見せている。

必然的にメグは忙しくなり、店番を頼んで、ダンジョン前に常駐することは減った。

マテウスもまた、賓客の対応や、日付を決めたダンジョンでの剣の使い方講座で忙しい。

王様がダンジョン前にずっといることがなくなった分は、ドラゴンのヴァンドロスが、言葉はなくとも愛想よく活躍してくれている。

ダンジョン経営に協力的になってくれたリオネルとオーギュストも、ベグロカを国営にすることや、宿屋の誘致の手続きで飛び回っていて大忙し。

シュテラファン王の来訪から、五カ月――。

正確には地味な黒字の半年と、話し合いまでの一カ月、そしてさらに過ぎた五カ月。

そろそろである……。

「…………」

メグは、午後の外出の支度を整え終えていた。

菫《すみれ》色の膨らみの少ないドレスに、ケープとなった上着、書類が入る小ぶりの鞄《かばん》。

ハーフアップにした髪は、銀の髪飾りで留めている。

仕上げを手伝ってくれたルージェリーが、居住まいを正して礼をした。

「おかしなところはありません、お嬢様。くれぐれもお気をつけて行ってらっしゃいませ。わたくしは市場でドラゴンの新しいお菓子を見つけに行ってきますので、先に出ますわ」

ドラゴンのヴァンドロスは見た目に似合わず甘味が好きであった。

最近は、あまりベグロカにいられないメグとマテウスの代わりをしていてくれるので、おやつが必要である。

「細かい仕事まで頼んでごめんなさい」

「とんでもないですわ！　ただの侍女ではなく、お嬢様のフォローを全力でするためにわたくしは来たんです。お役に立てて光栄ですわ。あっ、その後、仕立屋と靴屋に出向いて、新しいお衣装の進捗《しんちょく》の確認をしてまいりますので」

ルージェリーは今日も多忙だ。

ドレスとその周りのものが多く必要になったのは、シュテラファン王が月に一回は来訪するためである。

もちろん、ハウレッタ花のポーションを求めてであるが、ありがたいことに、お買い物客の貴族まで連れてきてくれるので、気合を入れて対応しなければならない。

今回も公爵家ご一行を連れてきてくれた。

ルージェリーが部屋から出ていき、メグは壁をちらりと見た。

そろそろ、一年――――。

王妃専用の執務室には〝黄金の契約〟が額に入れて飾ってある。

初心を忘れないように設置したもので、一年黒字の早期契約が達成されれば、白い書面が金色に光る……少なくとも今までアンゼリュー商会で請けたすべての案件は。

コンコン。

ノックの音がした。

「ルージェリー？　忘れ物なんて珍し――――」

「俺だ、入るぞ」

マテウスが断ってから入ってきた。

「シュテラファン王が次に来る時に、何か持ってくるものはあるかと聞いている」

「えっ！　そんなお気遣いを……お気持ちだけありがたくもらっておいてください」

「うむ、伝える」

どうやら、マテウスはメグに確認をしに来たようだった。

「とっくに出たと思っていました。シュテラファン王をお待たせしているのではありませんか？」

「いや、庭を散策してから出発することになった。だから、確認ついでにお前の可愛らしい顔を見ようと思ってきた」

「……も、もうっ、マテウス。シュテラファン王にちゃんとついてなくちゃダメです」

と、言いつつ、嬉しいけど……。

今日、シュテラファン王は五度目の来訪で、毎回、国境近くまでマテウスが送っている。

ポーションは運ばせてもいいのに、ヴァーモア王国を気に入ってくれているみたいだ。

国同士の付き合いがよいことは大切である。

国交になるならと、シュテラファン王のことは最優先事項となっていた。

忙しい日々でも、その合間に、マテウスの顔を見るとホッとする。

彼もまた同じ気持ちなら……と、想像するだけでくすぐったい。

「会えてよかったです。私はもう出るので――――今日はベグロカにギルドからティメオさんや、ファビエンヌさんが、新人冒険者を募ってきてくれるんです。三階層までしか私は案内に入りませんけど、皆さんが新しいお客さんになってくれたらいいですね」

「ああ、そういえば聞いたな。だから、お前は今日も光り輝くばかりに美しいのか！」

「普通に支度しただけですっ」

マテウスが真顔すぎたので、メグは思わず叫んだ。

「出かける前に、ぎゅっとしていいか？　力の補充だ」

体力が有り余っているような身体で言われると、可愛く見えてしまう。

「……髪とか、乱さないようにしてくれるならいいですよ？」

「よしっ！」

「待っ……時間がないから、ぎゅぎゅ――っ、じゃなくて、ぎゅっぐらいですからね」

捕まってしまったら身動きが取れないので、釘は刺しておく。

メグが身構えたその時……。

パアンッ！　と、室内が光った。

「あっ……」

壁を見ると〝黄金の契約〟が名前のとおり金色に光り輝いている。

「あれは、白ではなかったか？」

抱きつく手を止めて、マテウスが首を傾げた。

「………契約が終わったんです。ベグロカの黒字が一年続いて、早期終了の条件が達成されました」

「なっ！　お、終わっただと？　い、や……黒字はありがたいんだが――」

うろたえるマテウスに、メグは身を強張らせた。

――まだ、心の準備ができてなかったのに……早いです。

アドバイザーの仕事の終わりだけでなく、結婚も終わるのだから。

もう、メグはヴァーモア王国の王妃でなくてもいいのだ。

突然の終了に、心がついていかない。

気持ちが冷めたわけではなくて、戸惑いが強い。

契約の力は心に影響を与えないのだから。

――――私……。

幸せだったことが、仮初《かりそめ》だったんだなと、胸がちくりとした。

早期に目標を達成しての離婚は目指していたことであった……。

でも、こんなタイミングでなくてもいいのに！

「あっ、そろそろ行かないと！　しっかりシュテラファン王をお送りしてね。またあとで」

「おいっ、メグ……」

今、これ以上マテウスの前にいると泣いてしまったり……醜態を晒《さら》してしまいそうで、メグは彼の脇を通り抜けるように執務室から出た。


ベグロカは今日も冒険者が多く訪れている。

ギルドに出向いたあと、メグはティメオとファビエンヌ、新人冒険者四人と合流して、三階層へと来ていた。

「あれが、ドラゴンです。いつか、すごーく剣技や魔法を磨けば皆さんも倒せると思いますが、ここにいるヴァンドロスは、ベグロカのシンボルなので手出し無用です」

人が来るたびに、五十回ほどは繰り返しただろう説明を、メグは軽快にする。

それに合わせて、ヴァンドロスが目を細めた。

「攻撃したら消し炭になりますから、ベグロカに保険はありますが、ヴァンドロスを傷つけた反撃には保障はありません。なので、ダンジョンでの安全を祈ったりしてご利用くださいね。お菓子はあげてもいいです！」

やや空元気な口調であったけれど、メグの言葉に新人冒険者は「おおっ！」「なるほど」と上々の反応をしてくれる。

続いて、近づいたら落ちるので危ない場所や、取りすぎ厳禁の素材についての説明。慣れた手順でも、上の空はいけないと自分を戒めながらも…………。

「五階層までの木の柵《さく》は、入ったら落ちるところです。それより下は自己責任でお願いしますが、ダンジョンは危険と隣り合わせですので――」

――マテウス……。

メグは、契約終了のことばかりを考えてしまっていた。

出がけに冷たくしてしまったかもしれない……。

マテウスは、焦って、困っていた。

不安に思ったかもしれない。

――私、は……。

ヴァーモア王国に残りたい。

マテウスの近くに…………。

できれば、王妃として今のまま――。

帰ったら、はっきりと言おう……。

ずっと揺れていた気持ちのこと。

一緒にいて、どれほど楽しかったか。

デートみたいなダンジョンの視察に、ギルドの訪問。

風邪を看病してもらった時の気持ちは本当で、今でも思っていること。

ううん、より強く、深く、好きになっている。

二人でしたお店番。ここに至るまでに、乗り越えてきたこと……。

全部が愛しいから……。

「王妃様は柵の中に入ってもいいんですかー？」

「馬鹿っ、英雄マテウス王の奥様だぞ、目を瞑《つぶ》っていても周りが見えるんだよっ」

冒険者のやりとりがメグの耳に入る。

「えっ……？」

――私のこと……？

「って、ええええ――っ、私ったら、どこ歩いて……」

ぐらりと不安定に足元が揺れる。

メグは柵を越えていて、ダンジョンの壁に髪が引っかかっていた。

「こっ、これは、悪い見本です！　今戻りま――きゃあああっ！」

ガラガラッと足元が崩れて、一瞬の浮遊感。

髪留めがピンと弾《はじ》かれて飛ぶ。

他に感じたのはただ闇だけ、その中で、身体に当たる岩の衝撃から身を守るだけだった。

ガラガラガラッと小さな岩と一緒に滑る。

「大変っ、王妃様がっ！」

「落ちた……！」

ファビエンヌとティメオの声が遠くで聞こえた気がしたけれど、すぐに聞こえなくなる。

――。

――――――――。

「……っ、うっ……」

メグは暗闇の中で身体を起こした。

あちこち打ち付けた気がするけど、深刻な怪我はしていないようだ。

――上から落ちたの？　ここ、何階層？

騒ぎになっているだろう上からの声が聞こえない、かなり下の方の階層まで落ちてしまった様子である。

上を見上げて、助けを呼ぶために叫ぼうとしたメグは、息を吸う直前で気づいた。

「誰……か、っ――――！　ふ……」

不用意に叫んだら、危険な魔物に見つかるかもしれない。

メグは口を押さえて、息まで止めて、身を固くした。

気配の消し方なんて、冒険者じゃないからわからない……！

すぐ横を、火をまとった巨大蜥蜴《とかげ》が、チロチロと舌を出しながら歩いていく。

――ひっ！　魔物。

ズン……ッと、地面を微かに揺らすのは、遠くを歩いている角のある巨大な魔物だ。

恐怖で身がひきつる。

――怖い……。

死をすぐそこに感じる……。

幸いにも、メグは気づかれなかったか、魔物の腹が膨れていて見逃されたようだ。

メグは震える手で一緒に転がり落ちていた鞄を静かに引き寄せて、魔物除けの香に慎重に火をつけた。仄《ほの》かに周りが明るくなる。

用心して持っておいてよかった。

ただし、二時間ほどしか持たない。護身用だから今使った一つしかない。

――不注意すぎる。私の馬鹿、大馬鹿、ダンジョン経営失格！

自分を責めても、もう遅い。

ダンジョンが危険なことは、言葉の上ではわかっていたはずだ。

安全なところしか行かないからとか、マテウスが守ってくれるからとか、簡単に考えていた自分を叱《しか》り飛ばしたい。

――どうしよう……。

落ち着け、落ち着いて………。

心に言い聞かせるのとは逆に、ドッドッドッとさらに鼓動が速くなる。

五感全部が危険を感じているのだ。

これから、どうすればいいのか、断片的な情報が次々と浮かぶ。

ファビエンヌとティメオは、城へ連絡を入れてくれるはずだ。

でも、城には今、マテウスもリオネルもオーギュストもいない。

彼らが戻るのはおそらく夜で、今は昼過ぎ。

二時間の魔よけの香では、たぶん持たない……。

メグが冒険者であれば、動いて出口を探す方法も考えられるが、魔よけの香は魔物が嫌がる匂いで寄せ付けないだけの代物で、魔物と近い距離で出会ってしまえば無意味だ。

視界に入った獲物は、息を呑む間に襲われてしまうだろう。

「……っ、そうだ、ヴァンドロスさん」

メグは、肌身離さずにいたドラゴンの鱗を手にした。

その赤金色の輝きに、契約を思い出す。

――しまった！　ダンジョンを壊せない契約だから大きな身体では来られない。

「………ああ」

八方塞がりである。

メグは近くの窪《くぼ》みに身体を丸めて隠れた。

鉱石質な壁のフロアである。艶々と巨大なナイフのように切り立った岩が墓標のように立つ。

最後に見る光景がベグロカ内なのはいいとしても、知らない階層なのは無念すぎる。

「…………っ、うっ……もっと……」

メグは声を殺していたけれど、耐えきれずにしゃくりあげた。

涙声になったのに自分でも驚く。

たくさん経験を積んで生きてきたと思っていたのに、小さい子供みたいだ。

だって——今、終わりたくない。

「もっと…………っ」

——もっと、マテウスと話したかった。

一緒にいたかった。

どうして、出かける時に、ぎゅとしてもらわなかったんだろう。

時間なんかメグが早く移動すればどうにかなった、ぎゅぎゅ——ってよかったのに……。

メグは右手を左肩に、左手を右肩に、抱き締めるように置いた。

冷たい肩は、自分の手では少しも温かくならない。

契約終了で動揺したからって、あんな態度は取ったらいけなかった。

会いたい、話したい……言いたい。

マテウスの妻でずっといたいって！

帰ったら、いくらでも時間はあると思っていた。

彼と過ごしている時は、当たり前みたいに続くものだと――――。

「マテウス……」

彼との思い出が、ぶわっとメグの心に広がった。

強く残っている記憶が、いつの間にか、全部マテウスになっている。

溢れ出して止まらない――――。


『おおっ！　本人自ら会ってくれるのか、ありがたい』

アンゼリュー商会で、メグと初めて会った時の、マテウスの期待に満ちた顔。

反則な……ワンコが喜んだみたいなパッとした輝き。


『メグ、この山道を越えればヴァーモアまでの道のりはあとわずかだ、行こう！』

馬車での旅は、楽しかった。花嫁支度の荷物が満載で……。

一年も前のことなのに、昨日のことみたいだ。


『結果としてだが、お前の能力の絶対契約を利用する形で結婚となってしまった』

『だが、メグと向き合い、一年……いや、十年添い遂げるうちに、必ずお前を振り向かせる』

うっかり契約なのに、ちゃんとしたプロポーズまでしてくれた。

一年でも……ううん、一カ月ぐらいでとっくに振り向いていたよって言いたい。

『俺はメグを大事にする。大切にする。守る。そして……愛す。愛して、愛して、愛する』

結婚式での真っ直ぐな言葉。

そんな彼が統治している素敵なヴァーモア王国。人々にも温かく迎えられて幸せだった。


『ふむふむ、素晴らしい。俺では考えつかんことばかりだ』

『俺は構わない。お前とのデートは長い方が嬉しいしな』

初のベグロカ探索。

色々と考えるのが楽しくて、マテウスが隣にいると、なぜかたくさんひらめいた。

つないだ手が、頼もしかった……頑張ろうって、思った。


『いいから、俺を信じろ。お前が見ていれば、負けん』

『手を添えるだけでも気持ちいいだろう？　しばらくこうしているぞ』

ギルドがある広場で、グリフォンを素手で撃退した大きな手が――――。

風邪を引いたメグの額には、優しく添えられて……。

好きだって、キスをねだってしまった。恋しくて。


『うむ……夫として巣作りで愛情を示したかったんだが』

『そうだ。メグに花を摘んできたんだ。ベグロカに咲いているお前そっくりの花だ。ハウレッタ花と呼ばれている』
二人で店番をした道の駅で、マテウスは棚をいっぱい作ってくれた。
冒険道具じゃなくて、野菜やおやきを売ることになってしまったけれど、お店に並んで立っていた時間は、かけがえのないものだった
可愛い花も、わざわざ摘んで、贈ってくれて……。

『ならば、俺が強者となろう！　邪魔する奴はぶち倒す！』

『俺に手を出しても、妻とダンジョンと国には手を出すな』

三国の会議での、彼なりの解決方法。

驚いたけれど、勇ましかった。メグの胸までスカッとした。

マテウスはずっと彼のいいところを押し通して進み、近くで見守ってフォローしたかった。


それから、それから、それから…………っ。

止まらない。

彼を愛しく思う気持ちと、後悔が――――。

「マテウス……」

メグは、もう何度口にできるかわからない彼の名前を大切に呟く。

仄かに光を放つ魔物除けの香が、一回り小さくなった気がした。

マテウス――――。

※　※　※

何かに呼ばれた気がして、マテウスは振り返った。

「むっ……？」

シュテラファン王国へ続く、ヴァーモア王国内の街道である。

馬に乗ったマテウスと、近衛兵が護衛をする馬車には、シュテラファン王であるルンハルトが乗っていた。

「なにやら城を発ってからずっと、心ここにあらずの様子。マテウス、焦っているようですね。何かありましたか？」

「……特にはない」

ルンハルトから馬車越しに声をかけられ、マテウスは口元を引き締める。

ざわざわとした気持ちが続いていた。

冒険者は、能力が第一だが、勘が生死を分ける……。

嫌な予感がしているのは、盗賊の襲撃がある予兆だとしたら、蹴散らせばいいだけのこと。

だが、今は、そんな小事ではなく、もっと大きな、超然とそそり立つ壁のような不安だ。

強靭《きょうじん》な魔物の不意打ちや、即死の罠《わな》を寸前でかわした時も、こんなに心地にはならなかった。

そう、生きた心地がしないのだ――――。

「ぐっ……」

原因は、わかっていた。

出かける前に、メグをぎゅっと……いや、勢いをつけて、ぎゅぎゅ――――っと抱き締められなかったのは黄金の契約が終了したせいだ。

婚姻関係の強制力はなくなる。

もはや、メグを縛るものはない……。

つまりは………。

――戻ったら、すでにメグが帰ってしまっていたらどうしたらいい！

終わりました、さようならと、逃げだしていたらっ。

頼む、まだいてくれ！

何百回だって引き留める。

筋肉が苦手なら鍛錬を減らすし、甘い顔《マスク》の方が好みなら、にやけた表情をするような努力も怠らない。

メグに妻のままでいて欲しいのだ。

生涯を共に歩みたい。

二人でずっと店番をしていてもいい。

シュテラファン王には悪いが、きりきり一団を歩かせて、さっさと放り出して帰りたい。

焦《じ》れていると、ヴァーモア王国側の丘の上に二頭の騎馬が躍り出た。

「むっ！」

マテウスが迎撃の構えを取り、他に外敵はいないかと周囲の気配を探る間にも、騎馬は丘を転がり落ちる勢いで、どんどん近づいてくる。

「……あれは……シュテラファン王、敵ではない」

手にした大剣を収めた。

一頭を駆るのは見慣れた姿の男であった。側近の赤毛、リオネルである。

やや遅れて、もう一頭に乗っていたのは、メグの侍女――アンゼリュー商会からついてきたルージェリーだ。

リオネルの走らせる馬速についてこられるとは、驚きである。

マテウスのところまで馬を駆ってきたリオネルが手綱を引く、急いだ様子に、心臓が凍りそうだ。

「どうしたっ、リオネル！　何があった」

「馬上から失礼しますっ、王妃様――メグ様が行方不明です！」

「うおおおっ！」

マテウスは咆哮《ほうこう》した。

恐れていたことが起きてしまった。

メグが……メグが帰ってしまった⁉

――なぜ、俺はこんな大事な日に城を空けたのだ。

焦りで思考がまとまらない。

「どっ、どの道を帰ったんだ……止めねば。ヴァーモア王国とシュテラファン王国をつなぐ街道は――ここだっ！」

「はっ？　マテウス様、何を言ってるんですか！　王妃様がベグロカの奥地へ落ちたんですよ、一大事です。ギルドが僕のところまで知らせに来て、オーギュストが急ぎ五人ほどかき集めてダンジョンへ向かっていますが、捜し出せるかどうか……ヴァンドロスも落ち着きなく三階層を飛び回っています」

「メグが――ベグロカの奥地だとっ」

帰ってしまうどころの騒ぎではない。

まだ、その方がましであった。

メグは冒険者ではないのだ、魔物に出会ったら、殺されてしまう。

追いついてきたルージェリーが、馬を止めて飛び降りる。

「マテウス様、どうかお嬢様をお救いくださいませ！　わたくしがお供していれば落ちることなど……ああっ……」

見たことがないほど取り乱しているルージェリーの様子に、マテウスは現実を突きつけられた。そこへ、馬車の中からシュテラファン王が姿を見せる。

「マテウス、早く行っておあげなさい」

「っ、感謝する！」

馬速を上げるために、マテウスは自らの乗る馬飾りをぶちぶちっと引きちぎって捨てた。

馬首をヴァーモア王国へと返す。

早く……早く助けなければ……！

痛い思いや、怖い思いもしているだろう。

メグの顔が浮かんだ。

「あのお方は、貴方にとってかけがえのない王妃です」

背中を、シュテラファン王の声が押す。

「ああ、身に染みてわかっている」

そう、わかっていた。

今――――もっと、わかった。

身を焦がすような愛しい思い。

メグなしでは生きていても楽しくもなんともない。

「リオネルはこのまま、シュテラファン王を護衛して送れ。ルージェリーも一人でうろつくのは危ないから護衛に同行しろ。俺は急ぎ戻る！」

――――間に合うか……っ。

たいした装備は持って入っていないはずだ、救出するまでの時間としては絶望的である。

いや、間に合わせる！

マテウスが馬の腹を蹴ったその時、空が陰った。

夕方になりかかっていた、橙色《だいだい》を遮り、翼を広げた大きな影が上空に差したのだ。

そして、街道に旋風を巻き起こしながら降り立つ。

「うわあああっ！　ドラゴンだ」

「敵襲っ、王をお守りしろ」

飛来したドラゴンへ、近衛兵が馬車を背にかばい一斉に槍《やり》を向ける。

しかし、マテウスには見覚えがありすぎる赤金色の巨体であった。

「敵意はない。ベグロカのドラゴン、ヴァンドロスだ」

三階層から、散歩にもろくに出ないドラゴンが、なぜ今？

「………」

ヴァンドロスが口からぽいっと何かを吐き出した。

見覚えのある、銀の髪飾り。

今朝《けさ》、メグがつけていたものに似ている。

「おっ、お嬢様のものですわっ」

ルージェリーが慌てて、大事そうに拾い上げた。

「ヴァンドロス！　メグの居場所を知っているのかっ、お前も俺を呼びに来たのか？」

言葉が通じないドラゴンは、首をヴァーモア王国へ向け、片翼を下ろす。
まるで、背に乗れと言わんばかりに――。
赤金色のドラゴンの身体がマテウスの目の前にあった。
誘うように風が吹き、その緋色の大きな澄みきった瞳がキロリと動く。
目があうと、同じ気持ちなのだとわかった。
メグを救いたい――。
「頼む！　連れていってくれっ、ヴァンドロス」
マテウスは、大剣を担ぎヴァンドロスに飛び乗った。
魔物の硬い鱗に掴まる方法は心得ている。
振り落とされることはなかった。
すぐに、ヴァンドロスは羽ばたき、空へぐんと浮く。
空が近くなり、薄い雲を割るように進む。
激しい風が吹き付け、一瞬で丘を越えていた。
――ヴァンドロス、連れていってくれ。
切り刻むような風の中でもマテウスは目を閉じなかった。
メグのもとへ向かうのだ。
かけがえのない妻は、どこだ！
今、助けるっ。

※　※　※

小指の爪ぐらいに小さくなった魔物除けの香が、崩れるようにパキンと割れた。

立ち上る煙は一瞬だけ濃くなったものの、すぐに力ないものに変わる。

――うっ、終わっちゃう……。

「………」

これまでだと、メグは俯いた。

およそ二時間弱……魔物が近くを横切るたびに、何度も絶望を味わったけれど、本物の終わりである。

「――グっ」

「えっ？」

今、名前を呼ばれたような気が……。

幻聴に決まっている。

「メグゥゥ――ッ！」

「ええっ⁉」

今度は、はっきりと聞こえた。

しかも、ずっと思い出していて、最後の瞬間は彼の笑顔を思い浮かべようと考えていた、マテウスの声。

ガラガラガラッ！

細かい石と一緒に、上から落ちてきたマテウスが、メグのように地面に激突せずに、スタッと降り立つ。

そして、すぐに岩の窪みに隠れていたメグに気づく。

「メグっ！　おおっ、よかった、無事だな」

「マテウスっ……」

夢でも幻でもない。

メグが落ちたのと同じ道を滑り落ちてきたのは、剣を持ったマテウスだった。

大声に反応した魔物が、すごい勢いで突進してくる。

「あっ！　マテウス、危ないっ」

「ふんんんっ！」

魔物三頭は、彼の放った一閃《いっせん》でまとめて倒された。

いつ剣を抜いたのかもわからないぐらいの速度だ。

「お前らか、メグを怖がらせたのはっ」

キレ気味に叫んで、マテウスが新手の魔物をまた斬りつける。

あっという間に、周囲の魔物は消え去った。

そして、メグに駆け寄り、躊躇《ちゅうちょ》なく抱き締める。

「メグっ……メグ……よく、頑張ったな……もう大丈夫だ……偉かった、よく……生きていてくれた……怖かっただろう」

優しい声、メグの心に寄り添った宥めるような冒険者の言葉だけど、いつもの調子よりも、震えている響き。

感極まった彼の声は、恐怖から解かれたばかりのメグの心と同じ――。

とても心配をかけてしまった。

ぽんぽんと背中を、あやすようにマテウスが撫でる。

意図してやっているのではなく、おろおろしながら、メグを懸命に労《いた》わっていた。

その優しさに、切ない胸の中が決壊しそうになっていく。

溢れて、いく。

「マテウス……ごめんなさい……ありがとうっ、ありがとう……」

温かい……。

メグがずっとぎゅっとされたかった、マテウスだ。

――ダンジョンを甘く見てごめんなさい。

――冷たい態度を取ってごめんなさい。

言いたいことは、たくさんあったけど、マテウスの胸の中では言葉が消し飛んでしまう。

会えて、よかった。

言葉をかわせて、よかった。

触れ合えて、よかった。

「そうだっ、怪我はないか？　小さな傷でも甘く見るな」

パンパンと念入りに確かめるように、マテウスがメグの腕や足を確認していく。

「小さな擦り傷はあったけど、消毒の薬を塗ったし……打ち身は、時間がたたないとわからないけど、長く痛むところはないです」

「うむ、いい判断だ」

マテウスは再度、足先から頭のてっぺんまで戻ってメグを確認する。

「へ、平気です。マテウスこそ、落ちるような穴に飛び込んだら危ないです」

「同じ道を通れば一番速い。ヴァンドロスがお前の転落場所まで、運んでくれた」

メグはドレス越しに、ドラゴンの鱗へ手を置く。

「ヴァンドロスが……知らせてくれたんですね」

あとでたっぷり、お礼をしなくては。

「三階層を飛び回っていたらしいぞ。そんなことより、安全な場所まで行くぞ、ここは二十五階層だ」

——二十五階層。かなり深いところだ。

マテウスに手を摑まれて、引かれるようにして歩く。

反対の手で軽々と大剣を持った彼は、メグと手をつないだまま道行く魔物を斬って安全を確保してくれた。

そして、連れてこられたのは、ハウレッタ花の群生を抜けた場所。

鉱石が光る、二十五階層の洞窟だった。

壁となる洞窟の岩は、全体が青白く光っているけれど、水晶が生えているところは、黄色に輝いている。

二十四階層へ天井がところどころ抜けているのか、白い光が斜めに差し込んでいた。

「……綺麗」

「この光を嫌って魔物は来ない。野営を挟みながら、ゆっくり上へ戻ろう」

マテウスが、天井が上に通じている場所で火を焚《た》き始める。

「……皆が心配しているから、早く帰らないと」

「ヴァンドロスが落ち着いたなら、無事なことは伝わっているはずだ。盟約で鱗を渡している人間の生死にドラゴンは敏感だと、冒険者なら知っている」

言いながら、マテウスが外套を外した。そして、メグが腰を下ろそうとしたところへ敷く。

「鉱石の床は冷える。この上へ」

「えっ、でも……冷えるなら、マテウスの方が寒いんじゃ……」

敷物にするには抵抗がある。

「俺は風邪を引かん。知っているだろう?」

「う、うん……ありがとう」

ほんのり温かい外套に座ると、生の実感が湧いた。

――――助かった……。

――――助けに来てくれた。

喜びの次に来たのは、爆発寸前の焦りだった。

早く言わなければと思う。

もう絶対に、後悔はしたくないから――――。

「マテウスっ、来てくれて……助けてくれて、本当にありがとうございました。私、貴方に言わなければいけないことがあって、絶対に伝えたくて……契約期間が終わって……」

「――――っ、覚悟はできている！　い、言ってくれ」

メグと隣り合って座っているマテウスの背筋がビシッと伸びる。

「私……帰りたくない」

「帰らないでくれっ！」

メグとマテウスは同時に叫んでいた。

「えっ……えっ、私……今、そう言ったような……」

「むっ……い、いてくれるのか……？　と、止めなくてもいいのか？」

互いに驚いた顔を見合わせる。

「私、今のまま妻でいたくて――――！」

「ずっと王妃で俺の側にいてくれ――――！」

また、重なった。

どうやら、どちらも焦って話題を切り出したみたいだ。

「ふ、ふふっ……マテウス、同じこと考えていてくれたんですね。よかった」

「俺の方こそ……お前が行方不明と聞いた時に、真っ先にシュテラファンに帰ってしまったと絶望したんだ。ああ、よかった……」

どちらからともなく、熱を求めるように凭《もた》れ掛かって腕を触れ合わせる。

「ずっと……王妃でいます。マテウスの隣で」

「ああ、離さないし、必ず守る。メグ……」

耳からと触れ合わせた場所から伝わってくる声が愛しい。

「ベグロカとも、もっと気合を入れて向き合います」

今回のことは、反省である。

メグは、気持ちを新たにした。

「怖い思いをしたのに、嫌いになってないのか？」

マテウスがやや驚いた声を出す。

普通だったら、そうかもしれない。

けれど、メグは生粋の商人で、元冒険者の王妃で、付き合いの長い土地にはたっぷりと情が移るタイプなのだ。

「私は、マテウスもベグロカも、どんなことがあっても大好きですよ」

「俺も、メグもベグロカも大好きだっ！　だが、メグの方は大好きを超えて愛しているっ」

がばっと彼に抱き留められた。

「私も愛しています。マテウス……」

メグも受け止めるように背中へと手を回し、囁く。

お互いに、ぎゅっとして。

一呼吸おいてから、ぎぎゅ――――っとして……。

それから、身体を少し離して、見つめあう。

惹かれあうように、唇を触れていく。

――――マテウス……。

「んっ……」

熱い――――熱い彼の唇に包まれると、求めるように唇が突きでてしまう。

ちゅっと音がした……。

そのタイミングを逃さずに、マテウスが呼気と共に、食らうように口づけてくる。

少し乱暴なキスが、切なくて心地よくて……。

――――もっと、求められたい、求めたい。

生の息吹《いぶき》が吹き込まれてくるみたいだ。

「んっ……ん……ふ、ぅ……」

マテウスの舌がメグの唇をなぞり、もっと深く口づけようと割り入ってくる。

だから、唇を半開きにしてメグも舌を絡めた。

くちゅっと音がして、深く求めあうキスに変わっていく。

「あっ、むっ……んっ……マテウス……」

「んっ……メグ……」

口づけながら、互いの身体を確認するようにまさぐった。

マテウスの手が、メグの首筋を撫でて、胸へと行きつく。

反対の手は、お尻のラインを確かめて、くすぐったく揉まれた。

「あっ……ん」

お返しとばかりに、メグはマテウスの胸筋をぐいっと掴んでから、背中に甘く爪を立てる。

「っ……!」

ビクともしない彼の身体が、切ない溜め息を吐《つ》く。

そして、座ったままのメグの背をひんやりとする岩の壁に押し付けてきた。

向かい合う彼の顔を、光る水晶が柔らかく照らしている。

――なんだか、綺麗……。

強面な顔が、天使にも見えてしまう。

時々離れて、ちゅっちゅっとキスをしながら、メグとマテウスはお互いの肌を洞窟の空気に晒していくように、服を緩めた。

メグのドレスは捲り上げられ、下着はパニエごと引き抜かれてしまう。

お尻が敷いた外套に擦れた。

膝を三角に折ったメグを洞窟の壁に押し付けるようにして、マテウスが抱きついてくる。

雄々しい熱杭を滾《たぎ》らせて……。

愛する者を前に潤った秘所は、その肉茎を微かな蜜音をたてて受け入れる。

ぐちゅんと音がして、肉棒が蜜壺へと挿入された。

「あっ、あっ……うん……ぅ……マテウス」

「メグ――――メグ……」

ぎゅうぎゅうと苦しいところに、ズンッと甘い衝撃で割り入ってきたそれは、メグを貫いて離さない。

岩壁に押し付けられているせいで、腰を引く余裕もなく、熱杭はずぶずぶときてしまう。

「あっ、んぅ……あっ、ああっ……」

さらに奥へ行くために、一瞬だけ引かれる感覚。

その甘い引っ張るような疼《うず》きが消えないうちに、マテウスは腰を打ち付けてきた。

――――ああっ、奥に……。

呼吸ができないほどに、深く、切なくつながる。

メグはマテウスと一つになっていた。

愛を確かめあう行為……一番近くにいること……。

「ふ……あっ、はぁ……」

「っ……メグ、もう、離さない……共に……」

歩んでくれ——と、マテウスは呟き、頷いたメグへとさらなる抽送を始める。

気持ちを注ぎ込むように、メグの存在を確かめるように。

愛しい……愛しい、マテウス。

大好きな気持ちと、甘い戦慄《わなな》きがまざりあうと、目が眩《くら》みそうな白い快楽が訪れる。

頭の中で白い火花を散らす、快感。

——マテウスっ……。

「あああっ……！」

メグはぎゅっとマテウスに抱きついて絶頂を迎え、マテウスもまた低く呻いて精を放った。

もう絶対に離れない……。

二人を分かつものは——なかった。

永遠に結ばれたい。

永久に愛を誓う——。

メグは抱き締められながら、結婚時の言葉を思い出していた。

『俺はメグを大事にする。大切にする。守る。そして……愛す。愛して、愛して、愛する』

マテウスの真っ直ぐな言葉に、メグも正直な気持ちを口にしたのだ。

『貴方の妻となります。側にいます。見て、食べて、笑います。そして、愛されて、愛されて……愛しま、す』

ああ、そうだ。本当に、そうだ……。

とっくに結婚式で宣言したことなのに、今やっと、二人の絆《きずな》の言葉となった。

遠回りしてしまったけれど――。

時には今みたいに、マテウスはメグを抱き締め。

メグはマテウスの腕の中で生きていく。

またある時には、メグはマテウスを手を引き新しいものを見つける。

マテウスは優しい笑みでメグのあとを追いながら気恥ずかしそうに、幸せそうに。

そんな、夫婦となろう。

もう、ずっと、二人は魂を分かち、運命を共にするのだから。

【エピローグ】王様と王妃様は今日も愛の巣にて

空色のワンピースにエプロンを身につけた、ヴァーモア王国の王妃が店番をする名所。

元戦士の、英雄辺境王と一緒に冒険をできるダンジョン・ベグロカ前。

道の駅〝英雄の里〟は、千客万来であった。

正式に妻となったメグは、よりダンジョン経営にも道の駅にも力を注ぎ、毎週のようにイベントが催されている。

今日のイベントは、宝捜しである。

ダンジョンに隠した虹色の玉を、冒険者グループが競って捜して、より多く集めたグループには魔法の剣が贈られるのだ。

冒険者はマテウスの開始合図で、ついさっき出発したところ……。

マクナーテン伯爵家長男のコリンも、めきめきと力をつけ、今日は単身で乗り込んでいった。

スタート前に〝もっともっと早く大人になります〟と言っていたけれど、宝捜しなのだから、一人で行っても効率が悪くて勝てないと思う。

店番に戻ったメグへと、懐かしい声がかかった。

「メグ～！　ああ、やっと会えたよ。お土産もおまえの好物をたっぷり持ってきたよ」

「お父様っ」

父アルミンが、荷物満載の馬車から降りてくる。

メグはカウンターとの仕切りのくぐり戸を開けて、父が道の駅に入る前に慌てて飛び出した。

「ようこそ！　でもでも、ちょっと今入るのは待って」

「なんだい？」

そうしている間に、母と幼い娘の親子連れが道の駅へと入ってくる。

週に一回見る、街へのお使い帰りに、モモキノコのおやきを買って帰ってくれる親子だ。

娘がぴょこんと元気に、扉をくぐったところで、頭上の薬玉《くすだま》が割れて紙吹雪《ふぶき》が豪華に降ってくる。

「パンパカパーン！　一万組めのお客様です。ありがとうございまーす」

駆け寄ってメグは大きな声を上げた。

驚いた顔の親子に、マテウスがかがみこんで、籠を渡す。

「いつも、ありがとうな」

「あっ、おーさまだっ」

強面顔にも、ヴァーモア王国に住む者は馴染《なじ》みがあるので、子供も泣かない。

「くれるのー？」

「食べて大きくなれよ」

「一万組めのお客様記念に〝英雄の里〟の名物詰め合わせと、おやき一年分チケットをお贈りします」

メグは声を張ってパチパチと手を叩いた。

もちろん、マテウスも、近くの〝英雄の里〟の関係者も。

ギルドのファビエンヌとティメオは特に慣れているのか、営業スマイルと上手な拍手で盛り上げてくれる。忙しい合間を縫って駆けつけてくれた。

「まぁっ、まあまあっ！」

祝いを受けた母親の顔が綻び、簡易的な贈呈式が始まると、顔見知りが集まってくる。

「あら、よかったわね〜」

「あたしも今行こうと思っていたんですよ。まあ、次があるわよねぇ」

おばあさん二人。ペラジーが目を細めて、レノラは残念がった。

「すごいじゃないかメグ！　もう、一万組を達成したのかい」

アルミンも拍手に加わった。

「はいっ、お父様の協力のおかげです。アンゼリュー商会のお取引先の皆様もです」

一週間前〝英雄の里〟には、リオネルとオーギュストの頑張りで宿屋と酒場がオープンした。

そして、来月には、アンゼリュー商会時代のコネを使って、取引先の二号店や三号店が建つ予定である。

なんと、道具屋と武器屋！

冒険者ギルドは三倍の大きさになって〝英雄の里〟の裏手に建築中であるし、アンゼリュー商会の出張窓口がある売店もオープンすることが決まっている。

パン屋も仕立屋も欲しいところであり、一生懸命に打診中。

密かに月虹織《げっこうおり》の店もある。店主は仕事場に籠もりきりで留守がちだけど。

どんどんとベグロカの周りは街に近づいていた。

『ダンジョンの近くに街を作りたい。冒険者達には衣食住が必要だ。それが近ければ近いほど助かるだろう』

マテウスの望みは叶《かな》いつつあり、それはメグの楽しみな望みでもあった。

「奥様～、おやきが焼けましたけど、新商品のスイーツおかきは溶けてしまいますわ」

ルージェリーが厨房から慌てた声で呼びかけてくる。

メグへの呼び方は、いつの間にか〝お嬢様〟から〝奥様〟になっていた。

「溶けた部分を、ぱりぱりに焼いてみてください」

うむむっと唸ってアドバイスしたメグの横では、リオネルとオーギュストが言い争っていた。

「だから、ポーションの値段が安すぎますって。専門の店を誘致したいなら、うちは価格を上げて据え置きにして、住み分けないとだめって何度も言ってるだろうに！」

「ころころと価格を変えれば、不信につながります。補給に力を入れればいいでしょう。貴方もわたくしも、作ることぐらいはできるのですから」

「ああっ、また赤毛がハゲるっ」

オーギュストに言いくるめられたリオネルが頭を抱えていた。

一方で、親子に接していたマテウスは、その後、よく遊びに来るヴァーモア王国の少年達に囲まれていた。

ダン、ドグ、フェイ、デーガ。

メグが馬車でこの国についた時からマテウスを慕っていた彼らだ。

はしゃぎあう場所は、新設された広場である。

そこには、ドラゴンが鎮座していた。

日光浴中のヴァンドロスである。

「お菓子、あげてもいいのかー?」

「はーい、どうぞ」

メグはクッキーを手に駆け寄り、デーガに渡す。

デーガの手から、ヴァンドロスがぱくっと食べて、ご満悦な顔をする。

少年達と別れたマテウスが、メグの横へと寄り添った。

「俺は奇跡を見続けている。メグ、お前といると何もかも道が明るくパアッと開けるんだ」

「それは、私もですよ」

一目、マテウスの笑顔を見た時から、メグの道は光り輝いている。

どんな困難でも幸せに変えてしまう一番の魔法は——契約ではなく夫である、純粋無垢で、屈強な旦那様のなせる業であった。

かつて辺境と呼ばれていたヴァーモア王国。
そこには、元戦士の強い王と、元商人のやり手の女王が手を取り合って暮らしている。

end

あとがき

こんにちは、柚原《ゆずはら》テイルです。

このたびはたくさんの本の中から『転生シンデレラ　コワモテ王と新婚スローライフの過ごしかた』をお手に取っていただきまして、ありがとうございます。

大好きな転生作品となります。そして、旦那様はコワモテの辺境王です。

契約結婚から始まる、恥ずかしい新婚生活を満喫していただけましたら、嬉しいです。

今作はヒロインのメグがやり手の豪商娘――商会の代表をしています。

前世は経理のお局《つぼね》で、ゲームや漫画にうとい設定となっています。無自覚チートです！

そして、ヒーローのマテウスは元戦士で英雄の建国の王です。人望はあっても脳筋です。

真面目で一途な彼から、猪突猛進に惚《ほ》れられたメグは、前世からの恋愛免疫なし。

仕事熱心でも、マテウスの前では隙だらけです。そんな光景を思い浮かべながら書きました。

また、大好きな領地経営ならぬダンジョン経営とお店も開いてみたり……憧れです。

読者様に楽しい気持ちが伝わりますように！

この場をお借りして、美しいイラストをくださった成瀬《なるせ》山吹《やまぶき》様にお礼申し上げます。

繊細な描き込みと麗しい色合いで、ニヤニヤな二人を描いていただき、ありがとうございました。

メグの表情がどれも生き生きとしていて、嬉しいです。仲良し夫婦です。

また、マテウスの王の風格からくる謎《なぞ》のブコツな自信も、表してくださり眼福です。

成瀬山吹様の絵に射貫《いぬ》かれたよー！　という読者様は、ぜひ、ジュエルブックス様の既刊『異世界の後宮で恋され愛され姫になりました』も、お手に取ってくださいませ。

中華風の豪華絢爛《けんらん》なイラストを見ることができます！

こちらは異世界作品で後宮にトリップしてしまうお話です。よろしければ、お願いします。

ジュエルブックス様でたくさん本を出すことができているのは、今こうして手に取ってくださっている読者様のおかげです。本当に、本当にありがとうございます！

これからも、たっぷりのラブコメ&エロス&エンタメを貫いていきたいと思います。

どうぞよろしくお願いします。

最後に、この本にかかわってくださったすべての皆様にお礼申し上げます。

いつも、お互いの頭の中をピピッと読みあう感じで、絶妙な選択や助言をくださる担当編集者様、デザイナー様、校正様、出版社様、営業様、取次様、書店様、感謝です。

電子媒体にかかわってくださる皆様もありがとうございます。

今後ともよろしくお願いします。また、お会いできますように！

柚原テイル

Jewel
ジュエルブックス
勇者様は幼妻と新婚生活を送りたい
柚原テイル
Illustrator SHABON
最強勇者からゆる甘ダンナ様に
激変ですかっ!!!
転生したら勇者様から電撃求婚！ 私、モブキャラなのに!
魔王討伐一筋!と思いきや、宿屋の娘にメロメロでした?
熱血キャラから甘すぎダンナ様に豹変!
いってらっしゃいのチュウ？ お口開けてあーん？
伝説のプレイぱむぱむってなんですかっ?(///ω///)
チートな甘やかされ大盛り♥奥さま転生ノベル
大好評発売中

柚原テイル
[Illustrator]
アオイ冬子
Jewel
ジュエルブックス
キラワレ悪役から
愛され奥さまに
大逆転!!!
悪役令嬢シンデレラ
騎士団長のきゅん♡が激しすぎて受け止めきれませんわ!!
転生したら乙女ゲームの悪役令嬢ですって!?
濡れ衣を着せられ幽閉寸前のところから、一発逆転!!
「妻になってくれ。ずっと見ていた。誰よりも優しく、可愛らしいお前を」
騎士団長が悪役令嬢にメロメロ？　新妻になって溺愛されるなんて聞いてませんわ!
包容力たっぷりで一途すぎ♥な旦那サマとのんびり新婚ライフはじまります？
大好評発売中

Jewel
ジュエルブックス
騎士様は超溺愛中！
柚原テイル
Illustrator ゆえこ
トリップしたら堅物＆不器用な騎士様から、
いきなり「俺の嫁」宣言ですか!?
異世界にトリップした途端、騎士隊長の奥さまに!?
だんな様はドマジメ、堅物、朴念仁。せっかく結婚したのに不器用すぎて困っちゃう！
「いってらっしゃいのチュー」や「裸エプロン」で
誘惑してみたら新妻溺愛モードに豹変！　恥ずかしすぎますっ！
ゆる〜い甘いちゃ山盛り♥異世界新婚ライフ！
大好評発売中

Jewel
ジュエルブックス
柚原テイル
Illustrator SHABON
異世界で身代わり姫になり覇王に奪われました
燃え！も萌え♥も全部入り
トリップした途端、自分そっくりの王女の身代わりに！
王国を滅ぼした傲慢皇子に囚われ、純潔を奪われて！
強引な愛は不器用なだけ？　実は私にベタ惚れ!?
異世界トリップの果ての結末は——
元の世界に戻る？　最強オレ様皇子との結婚？
蜜濡れラブも、異世界ロマンも両方楽しめる欲張りノベル！
大好評発売中

ファンレターの宛先

〒102-8177 東京都千代田区富士見2-13-3
株式会社KADOKAWA　ジュエル文庫編集部
「柚原テイル先生」「成瀬山吹先生」係

http://jewelbooks.jp/

転生《てんせい》シンデレラ コワモテ王《おう》と新婚《しんこん》スローライフの過《す》ごしかた

2018年5月25日　初版発行

著者　柚原テイル

イラスト　成瀬山吹

発行者 ―――――― 青柳昌行
発行 ――――――― 株式会社 KADOKAWA
〒102-8177 東京都千代田区富士見2-13-3
0570-06-4008(ナビダイヤル)
装丁者 ―――――― ナルティス：井上愛理
印刷 ――――――― 株式会社暁印刷
製本 ――――――― 株式会社暁印刷

カスタマーサポート（アスキー・メディアワークス ブランド）
[電話]0570-06-4008（土日祝日を除く11時～13時、14時～17時）
[WEB]https://www.kadokawa.co.jp/（「お問い合わせ」へお進みください）
※製造不良品につきましては上記窓口にて承ります。
※記述・収録内容を超えるご質問にはお答えできない場合があります。
※サポートは日本国内に限らせていただきます。

※定価はカバーに表示してあります。

Printed in Japan
ISBN 978-4-04-893818-1 C0076